立人天地

在鸟巢边跑步

亦农/著

黑龙江教育出版社

序

亦农：勤奋的有心人

亦农的老家紧邻我的家乡，都在文学界中人大都有所耳闻的南阳。尽管是老乡，之前我们并不相识。

郑州是全国小小说创作的中心，时常举办全国性的小小说活动，全国小小说界的最高奖金麻雀奖也定期在这里举办。我和亦农的邂逅就是在2010年郑州的小小说金麻雀奖颁奖大会上。此时我才知道，亦农已经辞去收入不菲的稳定工作，专事写作三四年了。

在亦农辞去工作的2006年之前，他主要从事小小说创作，不少作品被《小小说选刊》和《微型小说选刊》选载，并被《微型小说选刊》评为“当代中国微型小说百家”。2001年还在《京华时报》开过专栏。其作品《棋杀》等，多次被河北、成都一些省市地区选作中考试卷的阅读理解题。这也是小小说作家的一项重要荣誉，说明亦农在全国小小说界已经有了相当的影响。

就在此时，亦农毅然辞去工作，准备专职创作了。要知道，此时的文学早已从中心退居边缘，传统文学不景气、图书市场每况愈下，想靠文学维持一家老小的生存，委实不是一件容易的事。由此可见亦农对文学的热爱和执着，更有令人敬佩的勇气。

辞去工作后的亦农把主要精力转移到了长篇小说创作上，先后出版了长篇小说《石佛镇》、《美人蹄》、《血纸人》、《北京记者》、《为诅咒的狗》等。他同时也进行散文创作，出版有散文集《七零后·私人史》等。这个时期的亦农，创作题材广泛，类型多样，从悬疑小说、职场小说，到诗歌、散文随笔等，都有涉猎。也许是以文为生之后，慌不择路，急于打开一片天空吧。

2012年8月，北京国际图书博览会在北京举行。中国作家协会为落实中央领导指示精神，推动中国文学“走出去”的重要战略，决定设立中国作家馆，作为面向世界展示中国作家形象和中国文学整体成就的重要舞台。中国作家馆首次设立主宾省选择的是中原作家群，我则是这次活动河南方面的主要组织者。活动中，来自河南本土的作家和在外地豫籍作家聚集一堂，亦农也和我联系来到了活动现场。这时我才得知，亦农已把主要精力投向了儿童文学创作，单是2012年他就出版了“金牌三人组”系列探险励志小说《兵马俑密码》、《一号追杀令》、《仙家奇兵传》、《网络大营救》、《神探狗嘟嘟》以及《功夫女生》、《龙迹》、《怪兽星球》、《桐桐的点点狗》、《好爸爸教出好作文——作家爸爸的作文经》十部作品。

一份耕耘，一份收获。亦农的勤奋得到了应有的回报，2009年，其小说集《因为有爱》获冰心儿童图书奖；2010年，他的小说《桐桐的点点狗》获《小说选刊》长篇小说奖，后被浙江文艺社列为“当代名家少儿文学精品典藏”出版。亦农还先后获得了曹禺微剧本奖、首届世界华文奖，作品还入围全国优秀儿童文学奖等。

勤奋的亦农还是一个有心人。现在微博异常火爆，很多人一天到晚守着电脑、抱着手机刷微博，不过是打发无聊；有些人则是以此发泄生活中的失意，看什么都不顺眼，逮谁骂谁；当然还有一些也是“有心人”，把微博变成炒作的工具，有的炒自己，有的炒别人，结果有些就被炒糊了。亦农则自觉地把微博变成了文学创作的一种手段——不知是否和他当年写小小说有关？

河南作家中，李佩甫爱散步，他曾这样描述自己的散步习惯：“很多个晚上，我穿越大街小巷，像狼一样在各个街头徘徊，想写好作品，想找好素材，想找好方向，这种状态持续了很多年。”正是这样的散步，成就了李佩甫，他的《羊的门》、《城的灯》、《生命册》以及《等等灵魂》等作品，就是在不停的散步中构思出来的。亦农也爱跑步，他自称是像村上春树一样的长跑爱好者，坚持多年，风雨无阻。也许多年的长跑不仅锻炼了亦农的体魄，更活跃了他的思维，使他常有意想不到的收获。《在鸟巢边跑步》记录的就是亦农在国家体育馆鸟巢长跑时的所思所想。

当然，话虽这么说，我相信《在鸟巢边跑步》所记录的绝不仅仅是亦农跑步时之所得，许多应当来自其日常生活中脑海里闪现的灵感火花。这些灵感，这些一闪而逝的思想，大多数人并不在意，过去了也就过去了。可亦农的用心在此表现了出来，当多数人用微博信手涂鸦以为消遣时，亦农一开始就有意识地通过微博，汇集自己的思想碎片，数年所得，微博短文已达十几万字。他将这些积淀重新加工，掇菁撷华，整理成书，就有了我们现在看到的《在鸟巢边跑步》。

亦农是执着的写作者，也是坚定的思想者。没有思想作为支撑，任何华丽的语言、炫目的技巧，都如镜花水月，空洞而无意义。年届不惑的亦农不懈地坚持写作，其实也是在不断地探索人生。一个在风风雨雨中走过四十年的男人，一个坚持思考的男人，对于人生、社会、命运、情感等，都会有自己的深切感悟和独到见解。这些思想脱了青涩，未现暮气，表现在书中，就是一行行不乏真知灼见的闪光思想和令人回味的哲理箴言。

亦农，这个出身南阳的农民，用笔名“亦农”，大约即“也是农民”之意吧。一千八百年前，同样有个人常以“躬耕于南阳”声称自己“也是农民”，他最终以自己的勤奋和智慧成就了一番伟业。亦农同样从南阳走出，不乏勤奋，更懂用心，我们有理由相信他最终会成就自己的伟业。

何弘

2013年12月10日

（何弘，河南文学院院长，著名评论家）

自序

跑步时我在想些什么

五年前的夏天，我带女儿回河南探望父母。与昔日文友见面自然高兴，一连数日，开怀畅饮。那日下午，陪女儿和侄子去游泳，他们玩得开心，我却因为头昏脑涨，闭眼躺在游泳圈上四脚朝天昏昏沉沉。这种症状在我身上已久，我曾怀疑因为夏季炎热所致，也可能与我久坐桌前有关。而这次的头痛，应归罪于过度饮酒。

次日，陪母亲去医院检查身体。母亲鼓动我："量个血压吧。"结果，低压100，高压140，大夫嘱咐说："建议你回北京后连续三天去医院查血压，若一直这么高，就证明是高血压了。"

二十多年前，我参加高考时曾检查过血压，当时即略高，只说是青春期症状。这么多年，难道青春期还没有过去？回京后我一连查了三天血压，均居高不下。医生确诊为高血压。向医生求教疗法，医生说："一是吃降压药，一旦吃上就得一直吃下去；二是锻炼，体重降下去，或许就能使血压跟着降。"

想想自己今后大半生要与降压药为伍，便有些恐惧。彼时我体重150余斤，依我身高，130斤才属正常。我毫不犹豫地选择后者。中学、大学乃至刚参加工作那些年，我都坚持锻炼，胸大肌、肱二头肌也曾健硕。后来由于忙于生计，便松懈了。近年又专事写作，自知缺乏锻炼，但因没什么压力，也就没再捡起。如今要降体重、血压，不得不再次有意识地锻炼身体了。事物总是一分为二，祸兮福所倚，福兮祸所伏。

我选择长跑。长跑一直是我喜爱的锻炼方式。

是时，我住在亚运村慧忠里小区，步行五六分钟，就能到达鸟巢。每日清晨，这儿空旷少人，又有奥林匹克森林公园天然氧吧。我开始在鸟巢附近跑步。初时三二公里，渐次增加……奥林匹克公园的健身步道，一圈5公里，两圈10公里，三圈就是15公里。当然在饮食上也需注意。早餐吃饱，午餐减量，因为刻意减肥，一段时间中午我仅一根黄瓜，几粒花生、核桃仁，饿得紧了就寻个面包果腹。看见鸡肉牛肉，虽两眼发绿，亦只能吞咽口水。晚上，以喝粥为主。

三个月后，体重降至130斤。啤酒肚、轮胎腰皆不见，腹肌隐约可见，胸大肌王者归来。因为减掉二十余斤，感觉神清气爽、身轻如燕，世界都仿佛因之改变。长期困扰我的头昏脑涨甚至头痛悄然遁去。去医院查血压，低压80，高压120，奇迹就这样在我身上发生了。

心情自然大好，写作效率倍增。因为尝到甜头，长跑的习惯就一直坚持下来。我曾写文：不跑步，不知道跑步的快乐；不坚持跑步，不知道坚持跑步的快乐；不长年坚持跑步，不知道长年坚持跑步的快乐。每天至少40分钟，由慢跑到快跑，满头大汗，酣畅淋漓……其益自知。

现在我四十多岁，每次长跑15公里，我要坚持10年；五十多岁后，每次长跑10公里；六十多岁后，每次长跑5公里；七十多岁后，每次疾走5公里；八十多岁后，每次还可以徐步5公里；九十多岁后，若能走就坚持散步5公里；百岁之后，倘还能走，仍要坚持驻足大自然四五十分钟……

人之头脑，除了睡觉、发呆，总会自觉不自觉地胡思乱想。一位在田间耕种的农民，如果把他一天所思所想诉诸文字，恐怕也有砖头厚一部书。我在长跑时，头脑更清醒，思维更敏捷，许多生活中的疑惑，写作中的困顿都迎刃而解。当然，这时候常会灵感突现，冒出许多感悟、人生哲思之类。因多年养成的习惯，我及时把这些片段记下来，久而久之，积有十数万言。

微博问世，我受邀开了微博，遂把这些偶得冠以“在鸟巢边跑步边思索”之名，放诸网上，竟引得无数读者和一些媒体追捧，或转发或转摘，更有朋友希望能整理成书，令我受宠若惊。

如今，在本书即将付梓之际，我要感谢黑龙江教育出版社的宋舒白主任和彭剑飞老师，是他们的热心支持与帮助，才使我和那些深爱我、支持我的读者朋友实现了这个愿望。

长跑，是我迄今为止找到的最好的思索和休息方法。跑步时我都在想些什么？去其糟粕，取其精华，如今大都在这里了。人生遐思，不成篇章；闲言碎语，岂称珠玉？

路漫漫其修远兮，愿与您一路共享！

亦农

2013年11月15日

目录

翡翠白玉汤 / 83

补遗篇 / 219

世界在那里，不忧不喜

一句箴言

爱慕虚荣的人，总是被那些徒有虚名者所蒙蔽。

当你想在众人面前炫耀时，众人先看到的，一定是你高高翘起的尾巴。

当你嘲笑别人无知时，通常正说明了你的无知。

永远不要和不懂得黑暗的人谈论光明。

肉体躺在床上，灵魂在自由奔跑。

相信，唾沫也是有力量的，如果人足够多的话。

对绝大多数人来讲，不是缺少烦恼，而是缺少快乐。

任何时候都不要把话说得太满，就像作画，你得学会留白。

淡淡岁月平常心。只问耕耘，不问收获。只要此一刻充实，则一生富有。

当所有人都做假时，你做一回真，后果可能会很可怕。

说得最好听的，往往是做得最差的那个家伙。

自己屁股没擦干净，就不要指责别人脸上的苍蝇屎。

如果世界上真有奇迹，那就是拥有一个完美的人生。

没有人是一帆风顺的，那样他不会取得真正的成功——读《乔布斯和他的对手们》有感。

一个人有无成就，有多大成就，和他的品德恶劣与否无关。

每一扇门后面都有故事，一门一世界。

天亮了，让我们今天活得像人。

金钱和卫生纸的相同之处：都是纸做的；区别之处：一个擦嘴，

一个擦屁股。

一个道德败坏的时代，一定会为此付出惨痛的代价。

人生凶险，好自为之。

人生就像乘车，可以错过车站，但千万不要一开始就坐错方向。

一个时代多么开明，当时的人知道；一个时代多么污浊，后来的人知道。

人生，就像一次长跑，并不在于你能跑多快，而在于你能跑多久。

绝大多数的人生，不过是瞎忙。绞尽脑汁，精疲力竭，最后两手空空。

爱情之所以迷人，关键在于两颗心瞬间所发生的化学反应。

谣言横飞，归根到底是因为诚信稀缺。

当你还没有想好说什么、怎么说的时候，最好的办法就是保持沉默。

我们必须相信：一切都不能回到从前了。

鬼与我们如影随形，试问：哪个人敢说自己心中无鬼？

不要指责别人不高尚，因为你并不比他好到哪儿去。

完美的人生，大约就是，从一个家庭顺利地走到另一个家庭。

与狗相对而坐，相望良久，发现：原来狗的眼睛比许多人的眼睛要清纯得多。

世界上有没有最纯粹的爱？答案是肯定的。比如，父女之爱，母子之爱。

对老人多一分敬重与关爱，因为有一天我们也会变老。

人事——事情原本是非常简单的，但却因为有了人的参与，变得复杂了。

愤青，是年轻的标志，连愤青的心劲儿都没有，人就真的老了！

一个连教育都在搞歪门邪道的社会，是不会有希望的。

骗子，总是长着一副憨厚的老实人的嘴脸。那些天生贼眉鼠眼的家伙，往往很难成为骗子高手。

歌唱家以歌声说话，作家当然要以作品说话。

真正取得成功的人，不会有大惊喜，只不过是平静地迎接罢了。此时的成功，已是水到渠成的结果。

给对手一个渺茫的机会，你就可以掌握主动权。

只要你愿意走，总会有路的。永不放弃，才能抵达幸福的彼岸。

世界就在那里，不忧不喜

不要觉得自己不幸，还有比你更不幸的人；不要试图向他人转嫁你的不幸，你不知道他人也有他人的不幸。学着做一个善良的人，堂堂正正、问心无愧、行走天地间。世界或许会因你而多一分温暖和正气，少一分冰冷与惨淡。

无论怎样，都是你选择的生活。不选择，其实也是一种选择。每个人都不得不为自己的选择负责。明天的生活质量，取决于你今天的选择。

有许多事件，看似没关系，实则有关系；有很多事件，看似喜剧，实则悲剧；有许多事件，看似好事，实则是坏事……要衡量判断一件事的优劣好坏，不能放在某一个时间段内，要放在一个人的一生。

学会忘掉不幸，努力争取幸福。不要沉浸于你的不幸中不能自拔，那样你的生活就永远不会有阳光。既然不幸无法避免，那就学会忘掉它，把目光盯紧幸福，为了未来的幸福而不断努力争取，这样你就会永远生活在阳光里，即便此刻天空还下着雨。

没有迈不过去的坎儿，没有越不过的火焰山，没有走不过去的今天，没有到不了的明天。拒绝绝望，拥抱希望。

人生，只有一次开始和一次结束，其他都只能是中间过程。很多人错把中间过程当作结束，所以有人选择绝望与放弃。其实，我们只不过是跌倒了，只不过是漫长生命中的一次小小失败而已。你当时眼中的无法挽回、无可救药，在三年后或许只不过是莞尔一笑的小事而已。其实，我们一直有机会重新再来，直至成功。

太阳每天都是新的。时间每一刻都可以是崭新的开始。不要为过去的事情太过后悔，抓住当下，你就会拥有一个可以预想的未来。与其在痛悔中苦度时日，不如振作起来，在奋斗中重掌未来。

如果你内心总是抱怨，只能说明你是个弱者。这个世界属于强者，强者常常用行动说话，他们没有时间抱怨，也不想去抱怨。脚下的路只有走了，才会前进。导致失败的恶性循环：什么也不做→感到羞愧→对未来产生恐慌→感到无力→开始逃避→什么也不做……快点跳出这种循环吧！行动，是弱者的软肋、强者的标签。

毫无疑议，矛盾将伴随我们终生。因为有矛盾，才有各种力量的纠结、冲突、挣扎、奋争、妥协，才会有发展。完全没有矛盾的人生或社会，是不可能存在的。就如一潭水，汩汩而动，才有鱼虾生命，如是死水一潭，恐怕生命也就没有了。毛泽东在1917年所著《奋斗自勉》中道："与天奋斗，其乐无穷！与地奋斗，其乐无穷！与人奋斗，其乐无穷！"对此我更愿意理解为：直面人生中的各种矛盾斗争，其乐无穷！

无论愿意与否，日子总得一天天过。快乐是一天，烦闷是一天，焦躁也是一天。快乐不会有那么多，焦躁烦闷每个人都逃不过。那就平淡地过日子吧，有条不紊地去做每一件力所能及、必须得做的事情。让身心不离开灵魂，让岁月充溢淡淡的芬芳，让日子在安稳中一步一步走过。我们终将老去，岁月依旧年轻。

你悲或是喜，世界就在那里，不忧不喜；你去还是留，世界就在那里，不忧不喜；你生或者死，世界就在那里，不忧不喜……但你并不在世界之外，只要活着，就可以拥有那些最珍贵的东西，阳光、空气和水。每个人都有与众不同的自己的人生，莫羡慕别人，也不必自惭形秽，你是这个世界的唯一，无论谁都不可代替。

人生的大部分都是在奔波挣扎。有人为生活奔波；有人为生存奔波；有人为生死奔波。为生活奔波的人，常常因为生活而喊苦喊累；在为生存奔波的人眼中，为生活而奔波的人是幸福的，至少不必为每天的吃喝衣食发愁；在为生死奔波的人眼中，为生存奔波和为生活奔波的人都是生在福中不知福，因为他们面对的是如何延续生命，如何才能活下去，看到第二天的太阳。

生命只有在出生的那一刻，才是个完美的奇迹。出生之后，无论发生什么，都不必为怪。盛极必衰，月盈必亏，事物都有自己的发展规律。完美之后，必然会出现这样那样的缺憾。没有永远的完美，也不可能有完美的人生。能拥有一个完美的开始，就应当知足且心怀感激。在这个世界上，还从来没有人不是怀着缺憾而离开的。

很多人的幸福，是按年论或按月论，我的幸福按日子论。今天妻子安好，我便万分幸福。未来不敢想，只要过好每一天，就是幸福。把握今天，就一定能给明天一个美好的回忆。

人生太多不如意，你主宰不了一切，甚至自己。无论你愿意与否，一定要学会在顺应中寻找到自我的契合点。永远不要逆他人意志做事，尤其是你至爱之人，即使侥幸做成了，也绝不会圆满。顺其自然，但求无愧。每个人都有自己感觉舒服的节奏和规律，什么时候乐意做什么事情。不能违拗他人的节律，强迫他该做什么不该做什么。如果一味强硬逼迫，即便是百分百好意，也往往适得其反，收不到理想效果。顺从与适度引导，才是爱心良策。在父母对子女的教育上，尤当记取。

上苍为我们关上一扇门的同时，一定会为我们打开另一扇门。永远不要悲观绝望。路，就在脚下，勇敢地往前走，就一定能到达理想的温暖希望之地。人生就是一个梦想不断破碎的过程。不要期望每一个梦想都能实现；每个人的一生，只要有一个梦想能实现，足矣。

痛苦不会自己离开你，你必须得学会默默承受。人生处处都面临选择，必须做出选择，希望这样的选择不会让你感到为难。只要还有得选择，一切都会朝好的方向发展。所谓人生，就是一个选择接着一个选择。你现在的生活，不是别人决定的，而是你昨天选择的结果。

我们恐惧永诀，其实我们每天每时每刻都在永诀。刚过去的一分钟，就是此一分钟的永诀；昨天，就是今天的永诀。时间就像奔腾不息的水，过去了就再不可能回来。因为这样的永诀太频繁且普通，使我们意识麻痹，而不自知。我们所感知的永诀，只是深深刺痛自己的某一刻而已。

所有奔腾的江河都将归于宁静，所有曾经的辉煌都会成过眼烟云。每一个今天都是永诀，每一个今天都是崭新的。努力过好今天，就是在过好一生。快乐是很私人的一件事情，完全由你自己做主。你要快乐，便是快乐了。没必要看别人的脸色。快乐是给自己的礼物，你可以随时随地天天拥有，没有人可以剥夺你快乐的权利。

乐观，乐观，乐观！人生一定要保持乐观积极、健康向上的心态。乐观的心态，决定了你的选择，决定了你前进的方向。万事莫悲观，要相信车到山前必有路。思前想后，犹豫不定往往错过很多机会。生命就是一次冒险，人生万事要趁早，早了才有更多机会。如果大多数人都看清楚了，都奔着某个方向去了，机会也就不多了。

成功的人，大多具备乐观的心态。即使遇到挫折、失败，也会用乐观的心态去对待。不钻牛角尖，不死心眼儿。事事都看得很开，人生才光明愉快。万事尽力，万事乐观地去努力争取。世事我曾努力，成败不必在我。乐观去做就可以了。或许一切早已注定，但自己努力了，就不会后悔。天行健，君子以自强不息。乐观，应成为我今世人生的座右铭。

人人心中住个魔

研究自己，就是研究人类，科学与社会的发展归根到底都是人的探索和发展。你脑海中的一闪念，或许就是某个人一生的遵循；你长期的某种坚持，或许只是某个人脑海中的一闪念。每个人都是魔鬼与圣人的合体，只不过有的人魔鬼成分多一些，有的人圣人成分多一些罢了。

并非只有坏人恶人才会伤害到你。两个诚实善良的好人，也会因为误解而伤害彼此。而且正因为都是好人，才彼此伤害得格外深。如果双方都没有有意去解除误会，这种伤害有可能是一生。原本应有友情甚至亲情，却就此变成陌路。

有的人常常记住感动，有的人常常记住伤害。记住感动的人常常心怀感恩，记住伤害的人常常心怀怨恨。心怀怨恨的人总是活在郁结的阴霾里，心怀感恩的人永远活在明媚的阳光下。学会有选择的忘却，我们的生活会更美好。

人本质上讲都有兽性。人所要做的，是压制自己身上的兽性，不要给兽性任何成长壮大的机会。许多父母虐待孩子、子女虐待老人，开始大都是无意的行为为自身兽性撕开了口子，若不及时自律或被制止，这个口子会越撕越大，一发不可收拾，最终兽性大发。看好你自己，不要给兽性开一点点口子。

魔鬼也有被感动，甚至被感动得落泪的时候。但落泪之后，魔鬼依然是魔鬼，依然改不了嗜血本性。因此，当我们听某人自称被感动得想落泪时，千万别因此相信他的人品。这个铁律同样适用于“小人”。

小人，就是心中有鬼的人；大人，就是总爱说自己吃的盐、过的桥比较多的人；名人，就是感冒、打喷嚏、尿急尿频都要被报刊、电视台当新闻无限曝光的人；亲人，就是被你快乐时总忘记、痛苦时才想起的人；闲人，就是坐到你的家中，不见你哈欠连天决不告辞的人；领导，就是只会动嘴、不会动手的人。

小人，最大的特点就是爱在你面前“翻闲话”，当有人在你面前说某某人不是的时候，你就要当心自己是否不幸遇上了小人。人不能总做好人，人善被人欺。大多数人不会因为你的善良，对你充满感激，反而常常会得寸进尺。中国的聪明人最会见人说人话，见鬼说鬼话。对好人当然以好人待之，对坏人小人就当以牙还牙、绝不手软。如果你总感觉自己时时处处都遇到恶人小人，那么反省的不是别人，首先应该是你自己。

人闲生是非。人在没事可做时，就会胡思乱想，比如，妻子是否红杏出墙，丈夫是否有外遇，同事是否在背后对自己下黑手……还是让自己忙起来吧，多做点有益于家、有益于工作的事情，无端的烦恼就会少些，成绩自然就出来了。

拥有一份平常心，生活中所谓大起大落，大得大失，也就不会如狂海行船，时刻有沉没的恐惧了。可惜拥有平常心的人太少，好像每个人都盼自己能发财成名，大红大紫，紫得发绿。所以现代人患焦虑症和抑郁症的比较多。

这是一个文化贫瘠的时代，人们热衷于插科打诨、贫嘴取乐。费尽心机绞尽脑汁，玩的却都是小聪明。根源在于人心浮躁，想一夜暴富，思一朝成名，图一时高潮。在漫漫长夜，又人人自感孤独寂寞、无力无助和无边无际的空虚无聊。

人类虚伪的证据俯拾皆是。比如，虽然人类很清楚自己也是动物，却偏要虚伪地给自己头上加一个堂皇的帽子——高级。为了生存，动物会手足相残。而人类兄弟兵戎相见的例子也不少见。唐太宗李世民，为了能当上皇帝，就手刃了自己的同胞兄弟。虽然后来终于当上皇帝，良心的谴责却伴随唐太宗一生。他开创了贞观之治，一生清明勤政，实际上与他对兄弟的心怀愧疚不无关系。人性的善与恶，常常能如此统一地体现在一个人的身上。

一个到了结婚年纪还迟迟未婚的男人（女人），性格里总有些极端的成分；虽已成年但仍然长期孤身，是很难让人有可靠感的。所谓无恒产者无恒心，无家室者恐怕也不大稳妥，交往宜谨慎。

世界上的人无外乎以下五种：做了再说；说了不做；做了不说；说了再做；不做也不说。你属于哪种？炫耀，大约与生俱来，人人皆有。但每听到有人说：自己与某名人在一起，参加了某某研讨会并发言，住在美国纽约五星级大酒店，拿坐飞机当打的……总忍不住思想：他怎么和阿Q当年在王妈面前显摆自己祖上也曾当过官、发过财一样可笑！

一伙六七十岁的半大老头，每月发了工资，第一件事就是相约去红灯区找小姐。何故？年轻时在五七干校，当了十几年的老单身。

独卧硬板床，空对漫长夜。大好青春就这样虚度了。如今各种条件允许，手中有钱，道德也不苛责，又有欲求，何乐而不为？这叫“年轻时失去的，老年时再拼着老命找回来”。想一想，人性如此，也不必大惊小怪！

一放长假，人们就会像出笼的鸟，坐飞机、乘火车，或者开私家车去远方看风景。“近处无风景”的话再次得到验证。其实，这和“身边无美女”同理，再美的风景，相处得久了，就会索然无味，熟视无睹。

因为陌生而有吸引力，因为不熟悉而渴望了解。有个比较恐怖的比喻——纵使赛过西施、貂蝉，臭皮囊下也不过是一副骷髅。人，大约就是这么个喜新厌旧的东西。

每个人都是好演员。为人子时扮演儿子、女儿角色，为人妻为人夫时扮演妻子、丈夫角色；做部下时是小兵的形象，当了领导就有一副当官模样……至于白天的贵夫人，晚上成为荡妇，亦不足为怪。时移势移，不同环境不同场景，人们应时应势而变。人，其实就是更高级的变色龙，虽然肤色没变，但那张脸、那心态早已经变了。

表面西装革履，实则衣冠禽兽；表面淑女贞德，实则荡女淫妇。撕破那层华丽的外衣，却是一颗比动物还动物的心脏……这个世界不是缺少擅长演戏的“戏子”，而是缺少表里如一、淳朴自然的人。

“神圣”和“神经”离得很近，就像一墙之隔的邻居，一不小心就会走错门。人是最不可捉摸的动物，每个人身上总或多或少有些神经质。原谅别人的不可理喻，有时候你和他相差无几。

人间万象，世相百态，远远超过小说家之言。现实总比我们的想象更冷酷。而当金钱或权势成为某些人的主宰时，人也就和动物没有多大区别了……恶人做到极致也能留名，不是流芳百世，而是遗臭万年。现在的人为了出名，再极端的手段也使得出来，但终究只是小人物的卑鄙手段，比不过秦桧的可耻与可恶。想当著名坏人，没有一定智商或权势，也不可以。

去年冬天的羽绒服，挂在衣架上。春天看它时，想该洗了，没洗；夏天看它时，想该洗了，没洗；秋天看它时，想该洗了，没洗。现在已近冬天了。该你做的事情，早晚你都得做，晚做不如早做。无关紧要的事情，可以偷懒，毕竟懒是人类天性，我们不能完全泯灭自己的天性。重要的事情，一分钟也不能拖，想到立即就做。否则，悔之晚矣。

《聊斋志异》中的《画皮》，讲“鬼画人皮”，其实并不可怕，因为这世上原本无鬼，纯是想象出来的玩意儿，何惧之有？现实生活中，可怕的是“人画人皮”，画完之后再出来害人，轻者送你进监狱，重者让你家破人亡。无论古今，人都比鬼更可怕，信否？

人是最复杂的动物。人们常常为自己眼见的表象所迷惑。因此这个世界的运行注定掌握在某些颇有心机之人的手中。那看似自然的邂逅或者偶尔发生的事，其实就是你身边某个人的刻意为之……每个人都有一个自己的密室，无论是心灵的密室还是真实的密室，只有在那里，人才能暴露真实的自我！

一人为私，二人为公，三人则拉帮结派搞小团体主义。人性中有许多恶，我们虽不愿承认，但它客观存在。所以，关键是建立有效的监督制衡机制，把人性恶尽可能控制在最小范围内。

任何时候不要忘了“人都有兽性的一面”。貌似最和善的人也会暴露其动物冲动的本性。世界上从来没有完美的人，没有什么圣人。你得学会时时处处保护自己，永远不要把自己完全毫不设防地交给某一个人。

人性之于隐私，越是看不到的越想看，于是，现代的电视剧或电影，接吻已不刺激，脱戏、床戏越来越多，越来越到位……美其名曰是为了艺术，不如说是为了钱吧？好在迎合大众心理，一起庸俗下流，就不为下流庸俗了。犹如——法不责众。

人们总是在走进医院时，才意识到健康就是最大的幸福。一旦离开医院，又很快把这句话忘了。无边的欲望重新控制灵魂，劳碌、奔波、争夺，尔虞我诈，钩心斗角……大多数人一生都在奔命，而非享受生命。

一位出租车司机师傅，在出租车上放了一个笔记本，他请每一位乘客在笔记本上留下一句对自己人生最重要的话或者格言。几年来他收集了很多格言警句。烦恼时，他会翻看这个笔记本，一般看不到20页，他的烦恼忧愁就全没有了。

一天，一个年轻人打车，司机师傅提出同样的要求。年轻人写道：一切向钱看，一切为了钱。司机师傅看后觉得不是滋味，冒着可能被投诉的危险说："小伙子，你这句话让我不高兴，难道你所做的一切都只是为了钱吗？"年轻人说："难道人们终日忙碌不是为了钱？难道你每天起早贪黑开出租车，不是为了钱吗？"司机师傅说："是的，我们不能没有钱。但是，请你翻一翻这个笔记本，有许多人坐过我的出租车，在这个笔记本上留下了影响他们一生的最重要的话，你看看，除了你之外，还有其他任何一个人写下这样悲观颓废的话吗？"年轻人不声不响，认真阅读那本写满了人生语录的笔记本。下车的时候，他非常认真地向出租车司机鞠躬说："谢谢师傅，您今天给我上了人生最重要的一课。"

生命是用来感悟的

清晨，空气清新，阳光或许明媚。有人醒来，有人还在梦中。醒来的未必醒了，梦中的未必不清醒。还有一些人，已再不会醒来，无论是他的肉体还是灵魂。有的人活着，身体却形同枯木；有的人死了，精神才刚刚发芽。生命像河流。有的像大江大海，波澜壮阔，气势雄浑；有的像山涧小溪，涓涓细流，长流不竭；还有的像一潭死水，外表虽活着，其实心已经死了。

对于今天，每个人都是自己生活的编剧、导演和主演，是喜剧还是悲剧？是正剧还是滑稽剧？怎么演？都取决于你自己。而已过去的昨日，亦犹如电影。你只能做观众了。你可以因之哭或笑，却不能有丝毫作为。为了少一些后悔，请努力过好今天。而明天，明天永远还没有到来。

人，注定要奋斗一生。为学习成绩奋斗；为考上好大学奋斗；为找个好职业奋斗；为找个好工作奋斗；为找个好职位奋斗；为权力奋斗；为财富奋斗；为父母奋斗；为子女奋斗；伴随一生的，还要为有个好身体奋斗……最终，绝大部分人会在与疾病的奋斗中光荣挂掉。

中国男人在欢迎他的孩子来到这个世界时心理的微妙变化：妻子未入产房时，希望能生个儿子——妻子进入产房后，生男生女都一样——生产过程中，苍天保佑，只要生个四肢健全的孩子就行——生完后，谢天谢地，妻子与孩子都平安！一切都好，我当爸爸了！

生命诞生是个最神奇的过程，任何科学发明创造都无法比拟。呱呱坠地的婴儿在你面前，瞧那眉眼口鼻，更有皮肤下无法计数的复杂大脑、体腔、肝肾脾胃……你无法相信这就是事实，可这样的事实就摆在你面前。男人和女人共同合作，完成了一个完美的造人过程。人类从产生至今，数千万年进化，终成这般奇迹，堪与宇宙诞生相媲美。每一双父母都是宇宙间最伟大的，他们完成了宇宙间最复杂的创造。

人类的潜力有多大，恐怕人类自己也无法知道。从古至今，人类能力的开发挖掘，可能也只有十之一二。未来会如何？不敢想象。因为，未来必然有我们今人无法想象的事情发生。

在繁华都市，你不一定会感到繁华；在寂寞沙漠，你不一定会感到孤独。灵魂很奇怪，明明近在咫尺，却远隔天涯；明明远隔天涯，却若近邻。人生繁华还是寂寞，其实和环境无关，和心境有关。

有人质疑，一个女子，读小学、读中学、读大学，甚至读博士研究生，最后却不得不回到小城市，为人妻为人母，每天相夫教子、柴米油盐。这样的人生轨迹，和一个不读书、早早为人妻为人母的女子，有何区别？答：她们的心理不同，眼中的世界更不同！的确，一个学识丰富，懂得琴棋书画，富有艺术细胞的女子，她看到的世界，怎么能和一个目不识丁的乡野村姑雷同？我并不是鄙视淳朴善良的村妇，只是想说：人生之精神过得贫瘠或富足，与金钱无关，与心境息息相关。

人类的进步，从某种程度上说是这些大思想家推动的，我们应该向他们致礼，孔子、孟子、老子、王阳明……相比人类科技的进步，人类思想的进步异常缓慢。两千年过去了，我们还被儒家文化深深影响。何时能摆脱？至少现在还找不到充分的理由，看不到清晰的时间表。

人为什么活着？人活着究竟有什么意义？这个问题曾经困扰我很久。一天晚上，当我走到床边给熟睡的女儿盖上被褥时，忽然明白：人活着其实就是为了爱，把爱从父母那里继承下来，再把爱传递给孩子。我们就这样把爱一代一代传递，传至千秋万代、地老天荒。爱，大约是人活着与希望的全部所在。没有爱的人生，冰冷、机械、麻木，自私、残忍、堕落，与畜生何异？

人活着，活的是一种心境，与权势和财富没有必然联系。高官与有钱人活得不快乐者比比皆是，跳楼自杀者不乏其人。人生最重要的功课，是学会如何塑造自己的心境。有钱没钱，顺境逆境，保持一个安详愉快的心境比什么都重要。重塑心境，对于大多数人都是必修课。

茫茫宇宙，个人若微尘，微不足道；然对个人而言，其生命就是偌大的宇宙，浩瀚无际。不要过于高估自己，因为放之宇宙，我们就是一粒微尘；也不要过于低估自己，因为我即是宇宙，宇宙即是我。人体像什么？像宇宙；宇宙像什么？像人体。自古至今，我们没有明白宇宙，也没有明白人体。不要以为已经很了解自己。其实，就像远远没有明白宇宙一样，我们还远远没有搞懂自己的身体。不要以为社会科学已经很发达了，也许，我们还只是处在人类发展的起步阶段。人类的愚昧，就是总以为自己已经置身高度发达的文明中。

生命有时很坚强，有的人在病床上一躺就是几十年，活着就是幸福；生命有时也很脆弱，不经意时突然一辆飞车撞过来，一个健全的生命就可能灰飞烟灭。上至帝王将相，下至黎民百姓，是人，谁都无可逃避地要面对死亡。而当死亡来临时，不同的人选择了不同的态度……

未来不敢想。悲观地说，未来每个人都将面临生离死别：与父母别，与丈夫妻子别，与儿女别……这一天，有的人来得早一些，有的人来得晚一些。生老病死，人之自然。既不能为我左右，何必苦苦思虑？抓住当下，珍惜身边亲人，快快乐乐每一天，就是人生最大的幸福——活在当下，以后的事让未来去面对。

生命有时候是非常脆弱的，一粒药就可以结束一个生命，在高高的楼顶纵身一跃，在深深的湖海纵身一跳……只要一闭眼一咬牙，一切就结束了。但真的结束了吗？地球并没有停止转动，世界还在繁华热闹，某个人的亲人却在为他（她）的离去而悲恸。哀，莫大于心死。只要人心不死，一切就都还有机会和希望。

晚上，去鸟巢附近遛狗，灯光迷离，人影憧憧。忽然就有些恍惚：这是哪里？我是谁？十年前谁在这里？百年前这是哪里？千年后又会有谁站在这里？万年后这里又是哪里？时间亘古，天上那轮月，亿年后又会照谁？

小时候，活着为了快乐，天天吃喝拉撒享受自然；大些时，活着为了爱情，天天思念缠绵享受恋情；再大些，活着就变成了责任和义务，上有父母，中有夫妻，下有孩子，却没有了享受……享受应该伴随每个人的一生，享受自然，享受爱情，享受爱，享受生命所能带来的一切。无论幸与不幸，我们都当心怀感恩。

终日无所事事，是一种痛苦；偶尔无所事事，是一种享受。有多久没有静静地凝望蓝天？有多久没有静静地坐在田间地埂上呼吸庄稼的味道？有多久没有登高踏青？如果有片刻时间让自己安静，可以支起耳朵，任时间慢慢流淌，只要用心倾听，就能听到光阴流过生命如丝绸般滑落的声音……谁说，这不是生命一种奢侈的享受呢？

黄泉路上无老少，孤坟多是少年人。不要总以为自己的人生路还很长，世界上每天每时每分每秒都有生命在消失。这些消失的生命，并不全是老人，也有中年人、青年人，甚至孩子。把每一天当作人生的最后一天，你就会知道哪些可以放手，哪些才是自己生命中最重要的。

人过七十古来稀，现在过七十的人一抓一把。但活过百岁的人有几个？凡人心中，人的寿命最多不过百年，所以过了七八十岁，便觉得自己离死不远了。心里已经做好死的准备，其实这是种可怕的死亡暗示。如果人以为自己能活200岁，那么100岁时还正值壮年。万事且莫心先死！心已死，人离死就真的不远了。

人初生时常去医院，因为新生儿免疫系统不健全，这种状况在七八岁后会好起来；人老年时常去医院，因为肌体免疫力下降，身体功能逐渐老化。这种状况大约在70岁后慢慢显现……医院，不是你想去就去，不想去就不去的。如果说到人类真正的公平，那就是面对疾病的时候，无论达官贵人，还是一介平民，皆一视同仁。人生也唯有在此，身不由己，逃无可逃！

周六的早晨，在奥林匹克公园跑步，看到在厚厚的枯黄的草地上，有泛泛的青意，一棵棵青草的苗儿，像针尖般从黄毯子下面钻出来，令人感到小草旺盛的生命力。因为小草绿了，所以春天来了。永远不要小瞧小草的力量，没有变绿的小草，这个世界就不能说：真正的春天来了。

春游。古人春游，今人春游，未来人还会春游。今人莫叹岁月悠悠，古人春游红男绿女。若干年后，今人亦会成古人，人已不在春仍在，仍是绿肥红瘦。从古至今，岁岁年年花相似，年年岁岁人不同。相对于万千日月，人生只不过是白驹过隙。而春，却永恒往复。人对自然而言，永远都微不足道。天地在那里，你去感知，它就存在；你不感知，它依然存在。犹如时间，原本只是根本不存在的人为设定概念。你可以无视，但没有人能无视：由青春年少到白发苍苍，那逐渐老朽的躯体。

人的一生就像一天，有早晨、中午和傍晚。不同的是，我们可以经历无数个早晨、中午和傍晚，而人生只能经历一次。我的意思是说：有些做错的事，我们还有机会改正、说抱歉，而有些事情一旦做错，就再没有一丝机会。我们可以不珍惜生命中的某一天，但不可以不珍惜一生。

活在当下，享受今天。有人终日沉浸在回忆里，觉得昨天才是人生最幸福的时刻，不能自拔；有人终日沉浸在对未来的想象里，觉得明天应该是人生最美好的时刻；唯独忽视了当下，对今天视而不见，对身边的亲人朋友视而不见。殊不知唯有当下才是最真实的，才是唯一可以把握的。而昨日已去，永不回来，明天尚未到来。今天你所拥有的，很快将永远逝去。

时间无敌

自得其乐，到头来终有豁然明白的时候，后悔又如何？大多数的人生都写满了“后悔”两个字。相对于永恒无尽的时间，人生如微尘，短暂而微不足道。我们所能做的，只是抓住今天，其他都不过是过眼烟云。

对任何人来说，未来只有两条路：生，或者死。生活可以有多副面孔——喜怒哀乐。我们无法选择生死，至少可以让自己在当下，活得快乐多一些，痛苦少一些。当我们慢慢老去，时光依旧那么明亮、年轻。不要嫉妒孩童的未来，我们也曾经拥有。时光，你急它不急，你慢它不慢。所以，对待时光，慢不得，急不得。唯有让灵魂踏准时光的步点儿，不急也不缓，人生才能走得从容。

在时间面前，一切都注定是失败者。再耀眼的辉煌，最终也将成为废墟。地球，不过是浩瀚宇宙的一粒尘埃。人生，你还有什么过不去的坎？一切都将过去，就像落潮后的沙滩，连一片足印也不会留。

时间是不可战胜的魔鬼，它永远那么不紧不慢一分一秒地走。可是，就在这种令人绝望的不紧不慢中，英俊小伙变成了满脸核桃褶皱的小老头，美丽清纯的少女变成了满脸鸡皮的老太婆。金钱买不通，权势压不倒，战争阻不断，悲恸哀求不为所动，时间永远那么从容而冷酷，不动声色地看着每一个生命从呱呱坠地，到一步步走进坟墓。

岁月不饶人，无论你是伟人或英雄；无论你是枭雄或奸佞；无论你是名人或凡人……最终都逃不过岁月的刀砍斧凿，成为它的手下败将。曾经梦想与岁月对抗的秦始皇，死后尸体都臭了还不能埋葬。这样一想，再牛的人，你还有什么可牛的呢？

所有的大戏，都将落幕；所有的人生，都将成为历史；所有的白天，都将走向夜晚；所有的今天，都将成为昨天。过去，是现在的历史；现在，是过去的未来。现在，可以是结束，也可以是开始。一年四季尚可轮回，但岁月对于每个人来说，只有一次，不可能退回去重来。我们的错误在于，习惯于回忆过去，沉湎于幻想未来，恰恰忽视了伸手可抓、抬脚可走、最为重要的现在。

常有人告诉我们：抓住今天，不要虚度光阴。可是，在我们闲谈中，时间从嘴角的飞沫里溜过去了；在我们上网冲浪时，时间从轻弹的键盘间溜过去了；在我们无聊失意时，时间从我们迷惘的眼角飞逝了；当我们懊悔浮躁时，时间从我们的发梢划过去了……古往今来，没有人能战胜时间。我们所能做的，就是尽量让自己不输得太惨。

人们只能拥有现在，过去的一天就像拉起的黑幕，再也没了。它似乎从没存在过，没有人能够再回到过去。而明天，已经无法阻挡地走来。但它永远只是未来，我们所能拥有的只有今天。无论任何人，无论他多么有钱，或拥有至高无上的权力，都不可能拥有昨天，也不可能拥有明天。这也是一种公平。

严格地说，我们无权责备时间的吝啬，无权责怪别人的干扰。我们何尝没有在干扰别人呢？关键在于我们自己，在于我们是否清晰地认识到——时间就是一个人取之不尽的财富。而最关键的，是我们是否有效地利用了时间。时间对于成功者和失败者都是公平的。而成功之所以成功，失败之所以失败，最主要的原因之一，就是是否有效利用了时间。时间犹如海绵里的水，只要你挤，总还是有的。我们不必担心人生苦短，而应该思考如何利用好今天的分分秒秒。在恒等的时间里，有人成了伟人，有人成为囚徒。

岁月是一卷白纸，年是章，月是节，日则是段落。那一个个文字，需要我们小心认真地填写，一丝不苟，来不得半点虚假。有些人的一生，是一部大书，内容充实耐读，或委婉隽秀、飘逸瑰丽，或粗犷豪放、荡气回肠。有些人的一生，则仅草草几张，字迹凌乱，内容庸俗无聊，味同嚼蜡，只配扔进纸篓，与唾液为伍。

无论成功或失败，过去的已经过去。努力过好今天，才能抓住明天。一味纠结在昨天，慢慢就会变成负担，甚至有被压垮的危险。犹如走路，只顾回头看，就会被绊倒，或跌进陷坑。结果，不但错过了今天，还失去了明天。

日子是不可数的，不知不觉中，光阴已飞逝。我们无法阻止时光的巨轮，也不可能停留在永恒的静止之上。幸福也罢，痛苦也罢，时间都依旧前行，这样的事实既残酷又仁慈。

每天太阳都是新的，空气都是新的，每天的自己其实也都是新的。不要总生活在过去，活在今天吧，一切从充满清新与生机的早晨开始。沉湎昨天，容易使人变老；幻想明天，容易使人虚无；抓住了今天，你就把握了自己的未来。

人，一过了30岁，就感到时间过得飞快。三十一、三十二、三十三，一转眼就“奔四张”了。少年不再，青年去矣，不知不觉已成为中年队列中的一员。听到某位“奔四”的男友结婚，女友生娃，真替他们高兴，祝贺他们总算没错过季节，瓜熟蒂落！

整理房间，从一个纸箱底部，翻出一部BP机，那是十年前我曾经用过的。时间不停步，历史的车轮不停歇，在人类文明的进程中，许多东西都是一闪即逝。BP机如此，只有短短数十年生命历程的人相对于人类发展的历史长河，亦是如此。

要睡觉了，八月十六的月亮还又圆又大地挂在窗外。它可真够“敬业”，千百年前就准时准点地出现在那里，照过秦皇汉武、唐宗宋祖，也照过飞燕西施玉环昭君、李白杜甫唐伯虎。如今还照着我的这轮月啊，千百年后又会照何人？

思想比腿走得更远

我们万事都要靠自己。无论什么时候，只要你自己不放弃，就没有人能将你打败。世间并不存在失败，那不过是生活让我们换个方向走走罢了。

删照片原理：出门旅游，拍了很多自己的照片。回到家翻看，能让自己满意的也仅有百分之一二，大部分照片恨不得立马删掉。这屈指可数的能让你满意、值得留存的照片，就是你愿意展示给别人的一面（无论是瞬间形象还是情态），而那百分之九十多，是你不想让别人看到的。实际上，别人平常看到你的，正是你那百分之九十还多的部分——我们总是很难看清真实的自己，不愿直面别人的看法。

每一个人都得为自己的选择负责。这就是法则，没有人可以逃避。

智者通过选择，掌控自己的人生。或可成为成功人士。但大多数人的选择，通常都是跟着感觉走，身不由己。这样的选择或许并不十分差。因为很多事物往往具有两个结果，对或者错。很多人费尽心计，最后却选择了错。不要给自己太大压力，顺其自然，放松身心，或许是不错的选择。

迷恋到一定程度就成了痴狂，无论言行都有些异于常人。疯子或许是一个人间极致，他们的头脑最简单，所有的时光只在思谋着一件事情。而这种“极致执着”，在我们常人眼里就变成了不可思议和恐怖的异类。人生总得有一两样爱好，不一定到极致痴狂，却可以时常相伴，愉悦身心，这样的人生才更充实。

八九岁时，我忽然想要自己炒菜。柴火点着了，锅里没放油。过了片刻，我想知道锅是否已经烧热。于是，伸右手食指去摸那锅底，哧啦，我的手如同马蜂蜇了一般，本能地迅疾收回……书本上的知识，是很容易忘却的。而那些由亲身经历，甚至吃了苦头所获取的经验，将会伴随我们终生。

等某个人的电话，苦等一天，无果。夜无眠，拿起手机才发现，原来自己一天都没有开机。有些事情的发生，根本原因并不在别人，而在自己。所以，如果遇事，要先从自己身上找一找原因。

总能听到或看到某人振振有词，指责别人或为自己辩护。许多人总是站在自己的角度看问题或考虑问题，而极少站在对方角度思考。如果换一个角度看问题，恐怕至少有一半的人，不会再振振有词。

黑暗，遮挡了我们的眼睛，却遮挡不住我们的思想。许多时候，正是因为黑暗，我们的思想才走得更远，才更觉得光明的可贵。

对大多数人而言，缺钱，都是一件能引起不快的事。对有些人说，并不缺少钱，而是缺少快乐。有钱，不一定能买到快乐。但没有钱，也不一定就不快乐。

外国人喜欢幽默着做正经的事，中国人喜欢庄重地做滑稽的事。一个娱人不愚己，一个愚己不娱人。一个像喜剧，一个更像悲剧。大国文化，并非一定是文化大国。许多人如井底之蛙，觉得自己那点视野，就是阔大的天空。强大，只是你的个人感觉，而非现实。

大多数人，对昨天看得很清楚，对未来也规划得很明白，唯独对今天两眼一抹黑，糊涂得要死。朋友评之：昨天是死的，瞎猫都能逮到死耗子；明天是空的，画啥都像；今天是乱的，一出口便错了。

我承认：我心理有点儿阴暗，总看不到生活光明和谐的一面。可是，为什么我总感觉不到阳光照在我身上。一个人身体冷了，烤一烤火就会温暖；一个人心冷了，怎么才能让他温暖呢？

我承认：我在一张A4纸上，写了满满一页的“愤世嫉俗”，然后，我又把它撕成碎屑，扔进了垃圾桶。窗外阳光很好，地球照样转动，一切似乎都没变，但我知道，其实一切都已经改变了。

从穿着上讲，北京人讲究舒适，多穿休闲装，看上去有点儿土气；上海人讲究品位，多穿时尚装，看上去比较洋气。无论男女，上海人都比较精细雅致，北京人则比较粗犷爷们儿。这点可以从建筑上得到印证。上海的豫园，是比较典型的江南园林建筑，方寸之地，亭台楼阁，池塘清泉，一步一景。北京的四合院，四四方方，前园后园，简单而实用。

生命中某个时间段，你会和某个城市很有缘，刚从那里回来，就又要重新起程回到那里。就这么一而再再而三地和某个城市零距离接触。相信吗？冥冥中你和某座城也是有缘分的，缘来时就去会它，缘尽时就离开它。人和城市的这种缘，要比人和人之间的缘洒脱得多。

“清明”一词的由来：远古时候，古人大约根据此一日的自然天象，混浊退去，天空明朗，大地清新，故取“清明”。岁月悠悠，万千年过去，渐成习俗。清明，清明，好一个天清地明的自然界啊。

那些张口闭口“这和钱没关系”的人，往往心里想的就是一个“钱”字。生于凡尘，每个人都是俗人，每个人都离不开钱。相信有许多人不想做俗人，但人离开钱就好像鱼儿离开水，没有几个可以成活。所以，那些本不想做俗人的人，因为要苟活，也不得不做起俗人来。首先承认自己是个俗人，或许就是雅的开始。

人类热衷于寻宝，寻找各种各样的秘籍。固然宝藏可以带给我们意外财富，秘籍可以让我们比别人更强、更大、更高明。但真正的生存秘籍，其实只要我们平时努力就可以掌握。所谓人生的秘籍或宝藏，并不完全是秘不示人的东西，而应该是一种长期的坚持，即持之以恒。

某类谣言可以这样理解：它不是空穴来风，而是预谋者故意放出来的口风，让你咀嚼品味，像温水煮青蛙，让你慢慢熟悉、适应，不得不在心理、生理上做好准备。当谣言终于变成真实时，你就不会觉得很奇怪，就不会暴怒抗争，只得乖乖地接受现实了。

来钱容易的人，最容易去娱乐场所贪欢，比如赴夜总会；住高档豪华宾馆饭店；买金银珠宝等奢侈品。所谓来钱容易，无非偷、盗、抢、骗、贪污、受贿等。那些偷骗来的钱，往往会被在最短时间内挥霍一空。没有人愿意拿自己的血汗钱一掷千金。

生存和生活是两种不同的状态。所谓生存，起码是得能养活自己，不靠啃老使自己比较舒服地活下去。大学毕业应该自食其力了，还依靠父母，就是没有生存能力。没有生存能力的人，就没有资格谈生活。

无论你有多么远大的理想，前提也是先活下去。肚子问题解决不了，谈什么都瞎扯。生存是解决温饱问题，生活则是解决生存问题之后的一种充满个人风格的状态。看山识水，鉴赏风月，弹琴读书，或者去做自己此生真正想做的事情。

很多年轻人搞不清生存与生活的区别。为了过自己想要的生活，不顾一切地一头扎下去，结果就像不会游泳的人浸入水中，狼狈不堪。先生存，再生活，这是现实。生存是现实主义，生活是浪漫主义。

完美人生只是奢求

人生就像监狱，只有成功的人，才可以成功越狱。所谓精骛八级，心游万仞，只不过是追求自由的精神，也只是想在精神上越狱，却未必成功，尚且有肉体的拘禁，太多太多的人，也曾希望，也曾抗争，最后却不得不终老狱中。

只有成功者，才有资格谈论自己过去的失败，才会有人愿意认真倾听。如果没有成功，你的所有失败，都会被认为无足轻重，甚至成为别人取笑的话柄或谈资。

普通人有普通人的痛苦和无奈，天才有天才的痛苦和无奈。其实，天才也是普通人，所以天才既有普通人的痛苦和无奈，又有作为天才的痛苦和无奈，天才比普通人更多一份痛苦和无奈。只是，天才的那份痛苦和无奈，普通人根本无法体验罢了。

人生就像排队。你排在第一或最后的机会，大概只有千万分之一。任何时候，总有人排在你前面，也总有人排在你后面。不必因前面的人而感到自卑，也没必要因排在他人前面而自傲。每个位置都能看到独特的风景，端正心态，从容豁达去度过属于自己独一无二的人生。

人生就是一个漂泊流浪的过程，过得痛苦还是惬意，关键并不在于漂泊流浪本身，也不在于你是否拥有别墅或稳定的家园，而在于你心中是否拥有坚实的根。根在心中，即便身如浮萍，依然生命力旺盛，精彩而快乐。

绝大多数人毕生追求，无外乎权力与金钱。拥有权力，衣食住行无忧，还可享受被人侍候的快感。拥有金钱，亦然。金钱与权力，给人的都是肆意张扬的资本和底气。门口保安，如果有足够的金钱，还会甘心情愿站在寒风中为人守门吗？人类等级的划分，终归是依权力高低、金钱多寡来决定。

不要过于嘲笑别人在某种场合下的丑态，换作是你，你也会那样做，而且可能有过之而无不及。你只不过是没有那种“机会”罢了。我佩服那些被出了丑，或者遭遇尴尬时，报以幽默一笑，能轻松应对化解者。聪明机智的头脑，可以让我们在任何时候都保持尊严。而这种聪明机智，任何人只要多加学习，一样可以拥有。

许多有某种天分的人，昙花一现，最终归于平庸，并不是能力问题，而是性格问题。好性格在某种程度上，决定一个人的好命运，决定一生幸福。性格是天赐的，我们也可以试图改变。比如坐火车，依你的性格，可能唯有缄默。为什么不主动和身边的人打招呼交流呢？枯燥的旅途，如果遇到一位侃侃而谈的朋友，谁说不是一种意外收获？突破自我，就是一种性格的改变和进步。

一生相伴有两种人：一种是君子，一种是小人。诸葛亮说，要近君子而远小人。问题是许多时候，自以为看清了谁是君子谁是小人，而结果却恰恰相反。时间可以考验一个人，唯有经历过事情，你才能看清一个人的善恶。

人，这个字最简单，但人却是最复杂的个体。人即宇宙。最复杂的常常以最简单的面目展现，最简单的常常最能表达最复杂的内容。

人生由无数个开始与结束组成。不要想只是刚开始，也不要想已经结束。开始中孕育着结束，结束中孕育着开始。没有只有开始的开始，也没有只有结束的结束。无论天子或平民，每个人都拥有一个共同的开始与结束：生命的开始与终结。

人生要争取每一步都走对。据说，每个人的一生都会有几次机会，如果抓住了，你的一生就比较顺利。但每个人都不可能保证自己能走对全部人生路，所以人生是由许多憾事组成的。我们所要做的，是尽量减少这些憾事的发生，这样我们离成功会更近一些。

性格决定一种人生，思想决定一个人的高度。有思想的人不一定有品德，有品德的人，不一定有思想。有性格的人，人生大多不会太顺。一个人不要太有性格，有好品德、有深刻的思想，就可以了。

理想，是对青少年说的；梦想，是对中年人说的；幻想，是对老年人说的。许多人一辈子都在自己的想象中过去了。

人生就像赶车，错过这一趟，就乘坐下一趟，总有一列适合你。现代人的错误在于，总想拼命赶上前一趟车，结果把自己累得半死，依然不能如意。活着，不是享受，反成了煎熬。悠闲，不仅是一种生活，也是一种心态。悠闲，才能让我们更清晰地看清楚人生沿途的风景。

人生，大部分时间应该是用来休闲和娱乐的。可惜，大部分中国人被误导变得一本正经、严肃木讷、机械呆板、寡淡无味……被教育成“以为只有工作才是人生”。美好的生命就这样因“被教育”而浪费虚度了。人生目标，伟大理想，对于多数人来讲都不适用。无数的人被别有用心的人诱导成了“教科书的奴隶”“工作狂”……人的基本权利，应该是在明媚阳光下，快快乐乐、自由自在地生活，而非对人性的刻意的压抑、扭曲和拔高。

人和人的关系千姿百态。与有些人相处很愉快；与有些人相处很难受；与有些人相处很尴尬。话不投机半句多，有时候还没开口就已经很讨厌了……不要太在乎和一个人的关系，也许曾是朋友而今却形同陌路。时过境迁，莫强求，一切都顺其自然为好。

人生当多生恩，少结怨。多个朋友多条路，多个仇人多堵墙。同样数十年，与其在仇恨中折磨彼此，不如在感恩中享受那份难得的人间情义！人生苦短，不要犯这种愚蠢的错误，不要对自己太狠！

人其实更应该向森林里的动物学习。只要解决了基本的吃、穿问题，能够保证生命的延续也就足够了。余下的时间，完全可以由着性儿去享受生命，享受自然，享受爱情。可叹许多中国人不知不觉中被洗脑，甘心情愿成为房奴、钱奴、权奴、孩奴……不得不一辈子在疲于奔命中度过。

寻一片安静去处，最好有山有水有野草森林，然后抬头仰望蓝天，让心绪慢慢沉寂下来。万千年前，无数先贤圣人，也曾和你一样仰望星空。如果你足够虔诚，又不太傻，那么，现在你可以穿越时空，和他们进行心灵对话。科技文明无论如何发展，人类灵魂都不会走出太远。

同样的现实世界，有人看到机会；有人看到陷阱；有人看到绝望；有人看到希望；有人看到淫邪；有人看到风景……其实，大多数人并不是活在真实世界中，而是活在自己的心境里。学会忘掉不幸，努力争取幸福。无论成功与否，拥有一个健康快乐的心境最重要。

每个清晨，都如新生的婴儿。不同的人，给她涂抹了不同的颜料。每一个时代都令人热血沸腾，走过之后才发现，愚蠢的往往是自己。我们生活在怎样的时代，未必自知。每个时代的人都觉得自己的时代繁华浮躁，活色生香。我们被时代裹挟，身不由己，奔涌向前。很少有人会有意识地做时代的主人。无数人都在盲目奔忙中，白了头发。尘归尘，土归土，似乎什么都不曾发生。

喜爱听好话的人有十之八九，喜爱听真话的不到十分之一。人们很容易在恭维话中沾沾自喜，不知天高地厚，信以为真。至于真话，虽然自己也知道那是真的，但总觉得刺耳。所以，世界上真聪明者少而又少，傻子占大多数。我承认，自己并不聪明。只是会在静寂的暗夜里，忽然惊醒，冒出一身冷汗。

一个人很低调，很多时候其实并不是他不想高调，而是因为他觉悟得已经没有必要高调。没有曾经的高调与张扬，怎么可能有后来的低调？我们看一个人，总是习惯于看他的一面，却不愿看他的另一面。

许多人为何那么自我感觉良好？是因为当他（她）面对众人讲话时，只把对自己有利的或者曾经辉煌的一面说出来，而对反映自己无知愚昧的蠢事，或者偶然的巧合因素，却只字不提。每个人身上都或多或少有些“恶习”。自己因为“习”而不见“恶”，他人因为不“习”而厌其“恶”，因此才有我们看不惯某某人的现象。其实，并不是他想惹你生厌，而是他长期形成的“恶习”在作怪。要想让自己不令人生厌，首先要常常反思自己身上有没有恶习。

自古至今，生活最没有变化的，大概要算和尚、尼姑了吧。——吃斋、念佛、诵经。阿弥陀佛，也是一种人生。人生大抵如此，不要羡慕他人，无需自惭形秽。每个人都有每个人的活法，别人代替不了你，你也代替不了别人。

我有一个出身于乡下的朋友，大约儿时受饥挨饿，所以对美食情有独钟。后来步入仕途，每天请吃请喝，大鱼大肉，体重猛增到近一百公斤。倏忽三五年不见，体重陡减，近似瘦削，问之何故，答曰得了糖尿病，不得不远离美味佳肴了。佛说，人一生要吃多少东西是有定量的。如果年轻时胡吃海塞，年老时就不能吃了。所以，无论面对何等山珍海味都要适量而止，为你的以后留下个胃。不要到时候，只有眼福，没有口福，悲剧了！

人类有文字的历史，要远远少于没有文字的历史。相信直觉，它是人类千百万年进化中形成的重要功能之一。永远不要让自己处于不利的环境中，当你感觉到压抑或不安全时，最好立即抽身离去。

李银河曾言：人活着总是离不开各种各样的情感——亲情，友情，爱情。心中的惦念往往变成依赖，好像没有它就没法往下活似的。其实，不依赖任何人，人也可以活得健康、快乐。如果这个世界上根本就没有这个人，你难道就不活了吗？这个世界上所有的人的存在都纯属偶然，就连你自己的存在也纯属偶然。李银河的感慨来自于自身经历，丈夫王小波的过早离世，让她真正体味到什么是独立，这也是拿生命换来的经验。

人生，许多时候是在无意地浪费时间。甚至某段时间，你全副精力付出，结果回首看，自己不过是在浪费一大段时间罢了。有意浪费时间是愚蠢，无意浪费时间，则是可以预防和杜绝的。不要自以为是，多与他人交流、请教，或许是杜绝无意中浪费时间的最好方法。

人，并不比大自然任何生命更崇高。人生如蚁，一个人终归会化作一抔土。就像此时你的脚底下：也许，很久很久以前，它就是秦始皇或成吉思汗的脚下之尘。不要小看你脚下那块土地，那里可能就曾经站过秦皇汉武。所谓富贵荣华，相对漫长的人类史，只不过是过眼云烟。再牛气的人物，最终也逃不过化作尘埃的命运。活在当下，快乐今天。相信你的存在，就是世界的一个奇迹。

人生就是一列车

生命仿佛一列火车。无论您愿意与否，这列车都会载着你一路向前。你所能做的一切，只能在列车这个有限的空间内进行。列车前行，所有的人都摆脱不了那条铁轨。一旦坐上，你就不得不朝向自己的那个终点行驶。伟人也罢，凡人也罢，只要不是主动“退出”，谁也无法控制让生命停滞或加速。

在生命列车面前，人人平等，每个人只能在自己的终点下车。有的人在你之前下车，因为他的终点到了；有的人在你之后下车，因为当你到达终点站时他（她）还没有到。你不知道，在你之前有多少乘客已经下车了。也无法知道，在你之后还有多少乘客上车。你只是这列车上芸芸众生中的一个。

列车有卧铺，卧铺又分为软卧和硬卧。有的人坐硬卧，有的人坐软卧，更多的人坐硬座。当然还有许多人没有座位，只能站着或蹲着，盼望中途会有人下车，他们或许有机会捡个座位。在生命的列车上，从头到尾都没有找到属于自己位置的大有人在，谁能说这不是人生的悲剧？

人们歌唱春天，小草嫩芽，繁花似锦，枝繁叶茂，处处充满生机。其实人们骨子里喜爱的，是春天蕴涵的旺盛的生命。生命才是真正值得赞美的，没有生命，一切都归于苍白、灰暗和凋零。唯有生命，让我们充满希望与向往。

每天，都会有许多生命刚刚开始，有许多生命走向终点。蹒跚学步的孩子和步履蹒跚的老人，常能给我们许多生命的启迪。一位照看瘫痪丈夫多年的大妈说：照看老人比照看孩子还累，孩子是越长越大，越来越充满希望；老人是越变越小，最后必然走向死亡。一个看到的是希望，一个看到的是绝望。

生命像河流。有的像大江大海，波澜壮阔，气势雄浑。有的像山涧小溪，涓涓细流，长流不衰。还有的则像一潭死水，外表还活着，其实心已经死了。

世界上至少有两种人：一种是乐观主义者，一种是悲观主义者。乐观主义者生活总是很快乐，悲观主义者则总是很抑郁。他们都有对的时候，也都有错的时候。乐观主义者似乎对的时候多，因为谁都不会让事情朝悲观的方向发展。尽可能做个乐观主义者，快乐一生，即便傻乐，也不错！

错事、蠢事、尴尬事、难以启齿的事……人无完人，凡此种种，几乎每个人都遇到过，大可不必为这些过去的不光彩的事儿背上沉重的包袱。我们很难做到日日“三省吾身”。但每个人隔一年半载，或三年五载，应该好好自省一番。比如，你从事的工作是否真的适合你？你真正想做的事是什么？怎样活着才更有意义、更快乐？你的选择对你的爱人、家庭带来了怎样的影响？未来的路该如何走？……人生百载，如何度过，当多思量！

生命像一本书，不同的人有不同的版本。有的人是平装本，有的人是精装本，还有的人是高档豪华装。平装本的内容未必平庸，高档豪华装的内容也不一定很精彩。有的人会成为传世巨著，万古流芳。有的人则像黄色非法出版物，成为被后人唾弃的社会垃圾。

拥有一部充实生动的书，是我们的幸福；拥有完满真实的人生，是每一个人应有的心愿。如果你已老年，也不必懊悔，也许你不得不拥有一个不理想的开始，一个有缺憾的发展和高潮，但还有希望拥有至善尽美的结局。如果你才跨入中年，振作精神吧，也许开始不精彩，但发展就在面前，还有高潮和结局掌握在手。

人生，就是一个不断求索、失败、再求索的过程。大部分人注定是失败的多、成功的少。若人人心想事成，则人人都成大人物，或权倾朝野或富可敌国或……这不可能。所以，失败不足为怪，重新开始就是了。我们要享受的不应该是那个结果，而是过程。

太阳每天都会升起。但并不是每天每个地方的人都能看到。这里阳光明媚，那里或许正凄风苦雨……所以，有人说晴天时未必是晴天；有人说阴天时未必是阴天；有人说好未必是好；有人说坏未必是坏。关键看他说的是自己头上那片天，还是大多数人头上那片天。

美是美女的资本，所以美女作秀摆pose，都不必侧目，而应为之鼓与呼；但如果丑女也要作秀摆pose，就该拍砖。因为丑不是你的错，但一定要出来东施效颦、污染环境，那就是你的不对。每个人都有特长与短处，切记不要拿自己的短处，和人家的长处相比。

羡慕歌星、影星舞台风光，却不知“台上一分钟，台下十年功”，不知他们受训时流过多少泪和汗；羡慕拳王金腰带的熠熠生辉，却不知那快捷步伐与闪电出拳背后，受过多少灵与肉的重创；羡慕作家出手不凡，却不知他们甘守寂寞、枯灯独坐的磨难与困苦；人总是喜欢收获，却不知耕耘；喜欢索取，却不愿奉献……

穷人为如何填饱肚子而发愁，富人为如何减肥而痛苦；穷人为娶不到女人而发愁，富人为有太多女人而痛苦；穷人可能因穷困而死，富人可能因暴富而亡……一个因为不能吃饱吃好，一个因为吃得太饱太好！看来，上帝对每个人都很公平。

一夜胡梦颠倒，晨起阳光灿烂。许多人在夜里热血沸腾，而在清晨涛声依旧。结论一：胡思乱想可以，但依然要脚踏实地；结论二：勇于用头脑去理想，却从来都缺少实践，所以很多人止步不前，注定平庸一生。

人生分很多阶段，不要对某一个阶段的输赢斤斤计较，不能释怀。应该争取跑赢更多的阶段，争取最终的胜利。即所谓笑到最后，才是真正的胜利者。

人生就像厕所里的手抽纸，很快就会用光的。无数人的手抽纸用光了，如厕问题尚没有解决，于是只能拉一屁股债离去。

研究人的发型历史很有意思。小时是寸头，每月理一次；青少年时留长发，还打摩丝；壮年时又喜欢起板寸；再看那些老年人，也大都是寸头。头发由短而长，再回到短，应该与人性情有关。少年无知所以无所谓，年轻时是不自信所以在意，中年以后因为自信而简单。正如许多男演员，一成名就变成锃亮光头了。

三十岁前，相貌是父母给的；三十岁后，相貌是自己给的。我并不是说三十岁后，小眼就会变成大眼，大嘴就会变成小嘴。三十年的人间学习修为，你的学识、胆量、气度，已经渗透到你的血液里，反映在你的脸相骨相上。不信，可以参看一下那些成功人士！

差不多每个人都可以目睹三次人生。当你少年时，可以看到爷爷奶奶的老年和父亲母亲的中年；当你中年时，可以看到子女的少年和父亲母亲的老年；当你老年时，可以看到子女的中年和孙辈的少年。所以，每个人至少可以体验三次人生，关键是你是否用心去体验并从中获益。

其实，秋天才是春天真正的希望，那发芽、吐绿、开花，不都是为了有一个丰硕的收获？至于冬天和夏天，一个沉寂，一个热烈，也许就是开始前的孕育和进行中的激昂。四季之于人生，或许很相似。

男女江湖

次品男女

女人嫁人就安生了，男人娶妻就消停了。男人女人爱折腾，并不全是对生活的不满足，更主要是情感的无着落。唯有找到生命中的另一半，爱才有了方向，心才有了家，人也就有了根。

我看到无数莽撞小子、顽皮丫头，因为娶妻、因为嫁人，变得安分稳重。为人夫为人父，为人妻为人母，让我们明白了什么是爱、什么是责任。有爱在心，有责任在肩，固然令我们身心负重，也令我们多了自身的重量，不再轻易飘浮起来。再展翅高飞的雄鹰也有落地的时候，唯有脚踏实地，你才真正懂得人生和生活。

恋爱中的男女，智商都比较低。整个世界仿佛只有彼此两人，如果有谁想阻挡他们靠近，恐怕大多会玉石俱焚。青春是场没有回头路的列车，可能一路精彩，也可能出轨……

次品男人和次品女人一样，虽然有质量问题，照样可以使用。完美男人或完美女人，对绝大多数人来讲，永远只是一个传说。在恋爱与婚姻上，男女都不可太挑剔或想得太明白。白马王子与七仙女毕竟是人中的极品，而且很可能只存在于神话与幻想中。我们必须得相信，绝大部分人都只是普通平常人，萝卜与白菜，只要双方般配就足矣，要求太高，最后苦水只能独自品尝。

“我想你！”男人这句话对女人来讲最具杀伤力。许多女人总愚蠢地以为，这句话是男人对她最爱的表白。却不知道它更多的意味着：这个男人说这句话时，他脑海里想的是你的下半身，而非你的上半身。

男女差异体现在很多方面，如逛商场。男人恨不得直奔目标，掏钱、拿货、走人；女人恨不得早上商场开门就进去，直到晚上闭门再出来。对男人来讲，逛商场是一种痛苦，而对女人来讲则是一种享受。许多时候，男人更注重结果，女人更注重过程。性生活亦是如此。

二十岁的时候找对象，主要看脸蛋；三十岁的时候找对象，既要看脸蛋还要看头脑；四十岁的时候找对象，脸蛋不重要了，主要看头脑。人是非常自私的动物，二十岁时看脸蛋，是为了满足自己；三十岁时看脸蛋和头脑，是为了满足自己；四十岁时看头脑，也是为了满足自己。所不同的是，人在不同时期关注的重心发生了转移。

可以有小聪明、小狡猾，可以有无伤大雅的小毛病、坏习惯。但作为男人，还是稳重诚实一些好。没有一个女孩，愿意把自己的一生交给一个不可靠的男人。即便是那些看似疯疯癫癫、没心没肺的“假小子”。

无论男人还是女人，寂寞的时候，往往想的不是自己的妻子（丈夫），而是曾经的情人。“人生充满了遗憾”，这句话即由此而来。一个对自己妻子（丈夫）家人不好的男人（女人），不要指望他

（她）会对朋友有多么好！一个对朋友很好的人，大多都有一个其乐融融的家。

傍晚，无意中看到一个男孩儿打女孩儿耳光，心疼至极。女孩儿是不可以打的，无论她犯了什么错误！因为每一个女孩儿都是父亲的女儿。当你伤害一个女孩儿时，这个世界上至少有一个人绝对不会宽恕你，他就是女孩儿的父亲。而且，将来你也有百分之五十的概率，成为一个女孩儿的父亲。爱她，就把她捧在手心吧。你把她当公主，你才能成为王子。

生男生女不一样。生男孩可以使母亲变得更像母亲，使父亲变得更像兄弟；生女孩可以使母亲变得更像姐姐，使父亲变得更像母亲——女孩似水，父亲的心再坚硬如铁，也要被彻底融化的。

再漂亮的女人，在公狗眼里，也不如一只母狗。再英俊的男人，在母狗眼里，也不如一只公狗。人，只能在同类中兴风作浪，就像狗只会在同类中耀武扬威或发骚。恕我不甚阳光：每每看到我家小公狗路遇小母狗时猴急的样子，我就想：其实男人和女人何尝不是如此。与狗狗相比，人类表现更甚，只不过阳光下比狗狗斯文罢了，私下里还不知道会成什么样！骨子里，人和狗都是动物。做动物，有何不好呢！但总有人不敢、不愿面对现实。

“好”这个字，由一女一子组成，亦即一女一男才能组成“好”，而且女在前，男在后，亦即男人万事总得让着女人。作为过来人，碰到剩男、剩女及夫妻不睦者，我总爱拿“好”说事儿，不怕人家不爱听。

男人应该有猪八戒的自信。比如，沙僧说：“就你这模样还想和嫦娥保持恋爱关系？”猪八戒不服地答：“怎么着？师徒四人，除了师傅，咱们三个让嫦娥妹妹挑，她能看上谁还不好说呢！”自信不是盲目，但自信还真需要点胆儿。

买双新鞋，就一直穿在脚上，直到它退休；买件新衣，就一直穿在身上，直到它退休……这似乎是许多男人的习惯。不是男人懒，是男人的天性！我观察男人，偏爱看他穿的衣服，尤其是裤子。如果裤子有清晰的折痕，无论新旧，都会觉得该男人生活精致幸福。观察女人，则偏爱看她的鞋袜。洁净得体的鞋袜常常体现着该女子心态的惬意与优越。老话说：女人看头，男人看脚。女人的头发有型，男人的鞋子有款，虽然不能说明太多问题，但至少可以看出，这个男人或女人比较会生活。人活着，谁不想找个会生活的异性作终身伴侣!

出门遛狗，在马路上邂逅一对男女，正旁若无人地相互“嘴啃”。不知为何，小狗竟冲着那对男女“汪汪”不止。一路过的北京大爷朗声道：这世道人不如狗，一点羞耻心也没有。老人家的话虽尖刻了些，但不无道理。中国文化与西方文化毕竟有很大差别，即便相互爱得很深，公共场合也得照顾他人情绪。旁若无人，是对他人的漠视，也是对他人的无礼。不要以自己的肆无忌惮，污染了公共环境。

繁华都市，红男绿女。谁和谁终日面对，形同陌路；谁和谁一见钟情，再难舍弃；谁和谁若有似无，藕断丝连。情场深深深似海，缠缠绵绵日月长。纵只是一回眸、一丝牵挂，情海中谁又能识得这万千滋味。但盼素手能相牵，共度销魂夜！雨打西窗，窗外是凄风冷雨旧时景。莫搅醒了，妙人儿一帘春梦。

男人想吸引人的手段是玩深沉，女人要吸引人的伎俩是伪天真。因为深沉而显得神秘，因为天真而显得可爱，这也正是男女双方渴望彼此获取的。男人善于自吹自擂，女人善于自我夸耀。一句话：人们把自己吹大或者夸成一朵鲜花，都是为了满足自己那可怜的虚荣心。

丑男36岁前，是不太爱照镜子的，主要是怕伤自尊；36岁后，丑男却爱照镜子了，且爱拿大头照四处显摆，不怕伤自尊，而自誉为个人特色。男人的美丑，不一定在外表，而在有无自信——这是我年近四十时悟出的东东。男人在青春期，从发型上就可以看到，长发、染发、偏分、中分，或者像南非人，两边剃光，留出中间像马鬃。40岁后，随着男人心理的成熟和强大，发型反倒简单了。大约分为两种，板寸或者像葛优那样的秃瓢。越简单，越自信。

最近，总爱回忆过去。回忆故乡，回忆曾经生活过的地方，回忆那些曾经给我带来温暖与爱的亲人。回忆那个年代、那个擦肩而过的女孩儿……还不到四十呢，我是不是——心态已经老了？

男人有钱就变坏，女人变坏就有钱。其实原因也很简单，那就是一个变坏的男人遇到了一个变坏的女人。财富从一个口袋转移到另一个口袋，这个社会总的财富并没有增加或减少。所以说，有时候男人和女人的劳动，并不能真正使社会财富增值。但古往今来，许多人依旧乐此不疲。

为什么男人爱喝酒？因为在喝酒的时候，男人才最清楚地品尝到了生活的滋味。酒把男人对生活的感觉最清晰、最逼真地表达了出来。亦农说：男人醉酒，让人感到可恼可气；女人醉酒，让人感到可怖可悲。立即有女士质疑：贵妃醉酒，如何？亦农笑：照此理论，如今之女子醉酒，是否都把自己当成贵妃了？只要不东施效颦就好。

单身男女身上，大都有一种神秘的能吸引异性的气息。一旦结婚，这种气息则荡然无存。如果离婚，这种气息又会重新附体。这种单身的神秘气息，颇像动物身上的某种气味，心理学家称之为引诱性基因。

男人们最喜欢谈女人，男人不必为此感到羞愧。因为女人们最喜欢谈的是男人。男人谈女人时眉开眼笑，女人谈男人时眉飞色舞。比如，有女人说：任何男人心里都有两个女人，他最爱的和最爱他的。男人可以回敬：任何女人心里至少有两个男人，她最爱的和最爱她的，当然还不包括她儿子，如果她有的话。

做不了美男，就做酷男；做不了酷男，就做丑男；做不了丑男，就做氓男；做不了氓男，就做匪男；做不了匪男，就做鸭男……“作女”女人能作，男人同样能作。男人想得到名利，是什么男都做得出来的。

二十岁男人不花，是因为不漂亮；三十岁男人不花，是因为没时间；四十岁男人不花，是因为没有钱；五十岁男人不花，是因为身体不行了。

好女人是一双柔软舒适的袜子，贴着脚背和脚心，呵护肌肤。好男人该是一双鞋，要行千万里路，还要保护袜子和袜子里面的脚丫子。

男人和女人并肩散步，当男人的眼睛关注另一个女人时，女人的眼睛一定在关注男人的眼睛。醋，就是在这种情况下生产出来的。女人生产，被男人打翻。反过来，也一样。

男人与女人可用撒娇历史来概括：儿时在母亲面前撒娇，年轻时在妻子面前撒娇，到了老年又在女儿面前撒娇。其实，刚强不是常在温柔面前撒娇吗？所以才有——柔能克刚。

依年龄界定，三十岁之内不能算剩。过了三十岁，就小跑着进入“剩男”之列。如果再不抓紧解决个人问题，一晃到三十四五，你就要被鉴定为“剩男”了。“剩男”第一种，是钻石王老五。有钱，或者有权，有事业；第二种事业无成，无权无钱，被挑剩下的了。“剩男”或多或少有些心理问题。高不成，低不就，或者有洁癖。

好男人该是一座建筑，妻子和孩子可以在里面安心舒适地度日，而路过的人也会发出由衷的赞叹：好一座漂亮的城堡；好女人该是一张温馨的大床，躺了自己的男人和孩子，只要他们能做着甜美的梦，支撑一百年也不会说辛苦。

是夫妻不一定有爱情，有爱情不一定是夫妻；是情人不一定是夫妻，是情人大多撑着爱情的幌子……男女们总爱为自己的行动找个理由，尽管这理由许多时候他们自己都感到心虚。

男人36岁，正式步入第二青春期。这时候，吸引异性的不再是外表容貌，而是一个男人的阅历、经验和思想。此时，男人身体倍儿棒、精力旺盛，意气风发，挥洒自如，自然就会显得风流倜傥，深得年轻女人欢心……所以，才有“男人四十一朵花”。

美女年纪大了，就不赏心悦目了。地球人都知道，可是很少人愿意当着老美人的面说出来。所以有时候，即便知道真相，还是不说为妙，心知肚明即可。省得挨骂，被人讨厌。

小时候，忽然有个发现：男孩都是站着撒尿，女孩都是蹲着撒尿。我是男孩，想不明白女孩为什么要蹲着撒尿？于是也试着蹲着撒尿，但尝试两次之后，便作罢。因为俺觉得蹲下去撒尿，从程序上讲实在很麻烦。上帝一开始就给人类一个选择，要么是男，要么是女，有舍才有得。若想二者兼得，后果自负！

电灯泡除了照明之外，还可以用来作陪衬。每个人大约都有当电灯泡的经历，也都有把别人看成灯泡的时候。两性的游戏在某些时候，必须要有电灯泡的照明，才可能进行并完成。当然这只是恋爱中的一个阶段罢了。所以，大可不必为自己当了电灯泡而自惭形秽或斤斤计较。

出差南京，邂逅大学初恋女友。年轻时我们不懂爱情，一旦错过将不会再有！女友身边带着一个孩子，大大的眼睛，小巧的嘴唇，白皙的肌肤，又是一个美人胚子。你的孩子？我佯作轻松。我的！女友幸福地点头说：有六岁半了。宝贝，喊叔叔！我俯身逗小女孩。不，喊舅舅！女友十分认真地说。一转身，我的眼睛就模糊了那个城市。

正版美女越来越少

现在的正版美女越来越少，你所看到的，大都是经过装修，而且许多都是高档奢侈装修。除了钢筋水泥墙之外，其他全部毁掉重来。这不能不让人担心：你费尽血本找了个美女结婚，结果生下的孩子，却丑得很对不起隔壁善良的人民。

表面的东西往往是骗人的，一个叫李美丽的女孩子可能是因为太丑。名字很美的不一定是漂亮的女生，名字很粗犷的也不一定不是漂亮的女生。生活中，有许多男生根据名字来判断自己要见的女孩是否漂亮。结果，他们常常感到失望。

某些恋爱中的女孩是恐怖的，为了自己所爱的人，会歪曲事实中伤别人，会狠如蛇蝎，挪用公款，去偷去抢，甚至杀人。爱情不能使她们变得贤德良善，却使她们阴毒邪恶。所以，我从来不以为，爱情全都是美好的，它也可以成为犯罪的理由。

女人不能太疯，太疯表明智商太低。既疯又净说些低智商的话，就很招人讨厌。女人还是娴静的好，像柳像风又像水。那么静静地存在着，就足可以征服世界上很多男人了。所以有人说：男人征服世界，女人只需要征服男人就可以了。

女人在公共场所吸烟，表示她渴望更多的人尤其是异性的关注。当然，许多时候也是其性饥渴的征兆。小时候嘴唇通过母乳获得快感，长大了嘴唇通过吮吸烟蒂获得快感。女人嗜烟，无意中透露给世人——其对自身快感无法满足的焦渴。

每次看到指间夹着香烟的美女，我都在想：不知道她父母看到她的这副德性，心里会怎么想？不知道她敢不敢以这副德性去面对自己的父母？我外婆也抽烟，但我外婆抽烟是因为要治病。病好了，烟却戒不掉了。我原谅外婆，她是迫不待已。但对于那些臭美的女烟民，总觉难以宽容！

遇一女友，说她最近忒爱看《喜羊羊与灰太狼》，问之何故？答：看到灰太狼被老婆打，就忒舒心、忒快乐。找一个灰太狼式的老公，想打就打，想骂就骂，老公仍死心塌地一如既往地爱你。女人们在现实中无法实现的理想，就寄托在童话里。

漂亮女人，总能得到周围臭男人们的照顾，时间久了会变蠢；不漂亮的女人，万事都得靠自己努力争取，时间久了就变聪明；既漂亮又聪明的女人，就像世界上的珍稀动物大熊猫一样，少。

上点年纪的女人，比如30岁或40岁，甚至50岁，但看上去依然年轻漂亮，肌肤很好，根本原因并不在于她使用何等昂贵、高档的护肤品，而是因为这个女人拥有男人的爱情。我看到某些在台上风光无限而卸了妆的大龄女明星，总忍不住要叹息。粉饰可以掩盖肌肤的衰老，却永远无法掩饰心灵。

某些女演员结婚不要孩子，等四十好几时容颜老去，没有孩子相伴，台上风光不再，老公又容易另寻新欢，于是孤寂缠身，得抑郁症者有之，想不开走上绝路者亦不是没有。生孩子不仅是人类繁衍生息所必须，也是维系爱、延展爱的重要因素。莫贪图眼前风光，永远不要做违背自然的事儿。

不会欣赏女人的男人，先从脸看起；会欣赏女人的男人，先从脚看起。一个脚很丑陋的女人，即便脸蛋再漂亮，也不会显得高贵；而拥有美足的女人，即便脸蛋不太漂亮，依然会很雅致。不懂得呵护自己双足的女人，一定不是个精致的女人。看一个女人是否真正生活得雍容优雅，就看她是否知道呵护自己的脚。

作家谢天说：每个男人都希望自己的妻子是淑女，别人的妻子是荡妇。亦农说：每个男人都不希望看到自己老婆喝酒，而看到别的女人喝酒，他就欣喜若狂……酒能乱性。

女娲抟土造人，始极耐心，无论男女都细致地捏，鼻子、眼睛、嘴巴，甚至十根脚趾都细心捏出。当捏到某个女子时，女娲以水为镜，比照自己美腿玉足，精雕细刻，捏成之后观之，叹道，美女之美在美腿玉足。后来女娲折根柳条抽打烂泥，泥星也变成人。因此世间男女有美丑，还有缺胳膊少腿的。

现在的天气，内穿了秋裤，依然感到有些凉。上午出门办事，忽遇一女子，下身只穿一超短裤头，裹一黑色超薄丝袜。细看，果然是一副好美腿！忽然想起一词儿：美丽“冻”人！其实，我们应该感谢这些美女们，为了美化城市环境，她们作出的牺牲，着实不小。

恋足者说：如今，漂亮女人的脸蛋基本雷同，都整过容了；而漂亮女人的美足则各有千秋。好像，还没听说哪个美女为其脚丫子整容。最可爱女子的最可爱处，在她的一双玉足；最可恶女人的最可恶处，在她的一双丑足。女人的足，也是一大隐私。

男人看女人，不用眼睛，而是用鼻子，所以对女人来讲，“女人味”很重要。没有“女人味”的女人，建议多在腋窝喷些法国香水，XO也可以考虑一下。

女子拳击很难火起来，大约与性别有关。女子以阴柔之美为胜。而女拳击手越优秀，则其体形看起来越像男人。失去了阴柔之美，多了阳刚之气，还是女人吗？所以，也就失去了观众。

陈独秀作《乳赋》：乳者，奶也。妇人胸前之物，其数为二，左右称之。发于豆蔻，成于二八。白昼伏蛰，夜展光华。曰咪咪，曰波波，曰双峰，曰花房。从来美人必争地，自古英雄温柔乡。其色若何？深冬冰雪。其质若何？初夏新棉。其味若何？三春桃李。其态若何？秋波滟滟。动时如兢兢玉兔，静时如慵慵白鸽……才子爱美乳，也能爱出华章来。

据说女人脚美不美，有十大标准：身材高脚会好看；有美丽的小腿、脚踝和侧面；大脚趾上不能有厚茧和皱褶；脚背上不能青筋突起；脚不能过肥，连脚趾都不能太粗；小脚趾很重要，绝不能有厚茧；脚趾长度和方向至关重要；脚底除了形状要秀气、线条柔和外，不能有老茧；趾肚饱满；大脚趾和小脚趾外侧绝不可有过于肥厚的突起。

漂亮脸蛋的女人，不一定拥有一双美足；拥有美足的女人，不一定脸蛋漂亮。既有漂亮脸蛋，又有美足的女人，就像中国的大熊猫一样稀有。美女之美，美在：头发、脖颈、肩膀、背部、胸、蛮腰、长腿、玉足。美女的性感，亦在于此。当下的美女，大多都到韩国“旅游”过。所以，脸蛋已经不再靠谱。但她们还没有意识到，足还能透出她们的真实信息。所以验证是否美女，先验证是否美足。

美人美人天生斯人，秀发玉足令人怜兮；无言无语顾盼生色，吾欲交之兮谁为红娘？一根红线两心相牵，魂兮魄兮今有归皈。天阔地大兮再无浪迹，再无浪迹兮佳人如玉，生生世世兮永无舍弃。

夫妻肺片

有儿子的父亲，都比较匪气；有女儿的父亲，都比较文雅；有儿子的母亲，大多含蓄温婉；有女儿的母亲，大多强悍生猛。因为有了儿子，父亲会生匪气；因为有了女儿，父亲会生雅心；因为有了儿子，母亲会含蓄温婉；因为有了女儿，母亲会像父亲。

朋友神评：各自见到自己上辈子的情人，当然要表现得温柔一点；各自多了一个情敌，不可避免地心生醋意。

有一种爱，把两个没有血缘关系的陌生人连在一起，从此牵手，生死相依。这种爱，让人类繁衍不断，生生不息。关爱陌生人，至少不要去伤害。因为，你伤害的那个陌生人，有可能是未来“与你牵手、生死相依”的至亲。

你至少拥有两种人，爱你的人和你爱的人。一个人有了事情，去求其爱的人，结果无一愿意相帮。转而去求爱其的人，对方爽快伸手。你爱的人未必爱你；爱你的人，无论何时都会无私地爱你。因为懂了这个道理，我重新审视自己身边这两种人，对那些爱我的人不再无视，而加倍去爱。

几乎每个男人心中都有一个小小的女孩。从很小很小的时候开始，一直根植在心里，等到恋爱了，结婚了，变老了，那个小女孩还像一根柔嫩的芽，长在他心里最深最柔的地方，不会长大，也不会枯黄。她就像一个绝对机密，甚至不会与妻子分享。

心和心隔着两层肚皮，但两颗心的距离却远没有这么简单，尤其是男人和女人之间。表面上同床共枕，实际上两颗心已相隔十万八千里。现实生活中又不是没有这样的例子，不说也罢。

石佛镇上一对小两口怄气。到了晚上，一个睡东屋，一个睡西屋，谁也不搭理谁。半夜，堂屋传出响动，丈夫以为是妻子在堂屋里，妻子以为是丈夫在堂屋里，谁也懒得起床去看个明白。第二天一早，俩人到堂屋一瞧，柜上的彩电让贼给抱走了。

一个孕妇临产，疼痛异常。待到生下孩子，女人清醒后，第一个希望就是要见一见丈夫。丈夫兴高采烈地来到女人面前，“孩子他妈，有何指示？”女人扬手一巴掌打过去：“姑奶奶今天遭这份罪，都是你小子干的好事！”

男人有时候的确很犯贱。比如说，恋爱时，她吃了半个面包，他拿过来啥也不说津津有味地把余下的全吃了；结婚后，她吃了半个面包递过来，他说：你的剩嘴巴子谁还吃？她说：不是我的，是你女儿吃剩的。男人二话不再说，拿过来津津有味地把余下的全都吃了。

幸福男人的一生，实际上是吃女人的剩嘴巴子的一生：小时候，吃妈妈的剩嘴巴子，妈妈嚼碎了喂嘴里仍吃得津津有味；恋爱时吃女朋友的剩嘴巴子，无论女朋友剩下什么，都觉得美味异常不嫌埋汰；再后来，吃女儿的剩嘴巴子，女儿吃剩的一切，都吃得心甘情愿、开开心心。

因为有女人，所以男人才存在；因为有男人，所以女人才存在。无论男人或女人，有一个不存在了，另一个肯定也会很快绝迹。正负二极，阴阳相依，山水为伴，日月亘古。宇宙自然似乎向我们讲述着更多哲理。人类自以为已经很了解这个世界，其实只是九牛一毛。只需要回顾一下十年前，你就知道这世界的变化有多快、有多大。

有人午休，五六分钟后，人就立马精神，恢复旺盛；有人午休，一躺下去没有两三个小时，不睡足睡美起床，会很难受。一定要相信，并不是别人都和你一样。要学会踏着别人的节拍，这样夫妻之间就会多些理解，少些冲突。

分久必合，合久必分。为了符合这个铁的规律，建议长期同睡一床的夫妻，适当地分床而眠……不要等到双方中的任何一方彻底对对方审美疲劳了，悔之晚矣。

一个人洗完澡，照镜子，发现镜中的不是自己——一个人至少两张脸，家中一张，外面一张。许多人婚姻的不幸，就是把外面的那张脸带回家，而且忘记摘下来。名人离婚率高，这恐怕也是原因之一。

名人夫妻热衷离婚，原因大概如下：名人夫妻都不缺钱，所以有折腾的成本，普通老百姓想离不敢离，主要是折腾不起；双方都是名人，谁也不肯让着谁，农村话讲：离了你这把夜壶，老子照样尿尿；实在没有什么可以炒作吸引大众眼球了，那就离婚玩吧！至于结婚、生孩子也要炒作一番，皆同此理。

妻子出差十天，家里阳台上的花死了两盆。没有女人的家，连花儿也养不活。女人就如氧气，没有氧气的家庭，恐怕男人想活着，也很困难。

夫妻一起生活得久了，爱情就变成亲情。夫妻中任何一方，会视对方为在这个家庭中唯一没有血缘关系，但却可能是最亲近的人。所谓“拉住对方的手，好似左手摸右手”，这话恰好说明，夫妻双方已成为彼此身体的一部分，永难割舍。

在饭店吃饭，见一对老夫妻，对面而坐，老头慢慢品酒，老太太慢慢吃菜。好像并没有太多话，就那么坐着，旁若无人，一个吃一个喝。时光从他们斑白的发梢悄然滑过……幸福其实很简单：当你年老时，还有一个人心甘情愿地陪着你慢慢地吃喝。

相信有前生今世吗？那个在街头擦肩而过的美丽女子，也许就是你前世的爱妻，而今你们已成陌路！——善待你的妻子，因为一旦错过，你将再无机会。

一对男女在走路的时候，女人总喜欢挽着男人的胳膊。女人是希望有个依托，男人则希望有个支撑。就像“人”字，一撇一捺，无论少了哪一个，就不能算是一个完整的“人”。

人，一撇一捺才能构成一个完整的“人”。男人是那一撇，女人是那一捺，只有男人和女人结合在一起，才算一个完整的人。单身永远只能是半个人。一辈子不结婚的人很可怜，因为他（她）来世上一遭，始终只是半个人。

人们都希望：在结婚前的恋爱期，睁大两眼；在结婚后的生活里，夫妻双方都睁一只眼闭一只眼。而事实上正相反：恋爱时，两人都睁一只眼闭一只眼；结婚后，两人都睁大了双眼，比显微镜有过之而无不及。结果：恋爱时甜甜蜜蜜，结婚后叫苦不迭，悔之恨晚。

恋爱时，没有人不想找一个赏心悦目的为伴。但婚后会发现，要维持婚姻的幸福与长久，最重要的不在于能否养眼，而在于聪慧与贤德。容颜易老，而聪慧与贤德则历久弥新，越来越可爱。

第三者，前面肯定有两个人，而且这两人关系排他。如今第三个人强插进来，就很不和谐。在中国人的观念中，依旧是两人世界。当然在某些条件下可以多人世界，比如他们的子女。如果一个毫无血缘关系的人进来，肯定要发生世界大战，甚至闹出人命。故有“奸近杀”之说，如果做第三者，恐怕离死不远。

晚十时，出门遛狗，微雨，秋寒，撑伞。忽然想起十几年前，晚十时，微雨，秋寒，撑伞，在女朋友家楼下苦等。如今，当年的窈窕少女已成了孩子她妈，与女儿坐拥看电视……光阴荏苒，岁月催人，物是人非矣。

父母很爱你，但有一天，父母会离开你去过属于他们自己的生活；子女很爱你，但有一天，子女也会离开你去过属于他们自己的生活。在你的一生中，能和你一起生活，并最长时间和你睡在同一张床上的那个人，才是会永远和你在一起过属于你们生活的人。所以要学会容忍他（她）的缺点，并深深地爱他（她）。家庭的幸福在于男人的责任和女人的宽容。

爱一个人，就是爱他（她）的一切优点，也要接受他（她）的一切缺点。当你试图改变对方的缺点时，你们的关系也就走到危险的边缘。很多父母都喜欢孩子听话，其目的就是控制。一个人不能改变或控制另一个人，但却可以通过改变自己去影响别人。当爱人或者孩子有了问题，我们首先应该意识到自己哪里没有做好，只有先改变自己，才有可能得到对方的积极回应。人不愿意改变是因为改变需要打破习惯，这个过程很不舒服。

爱情不老

八零后孩子找对象，大都爱走极端：要么有房有车有钱，大十岁二十岁都可以接受；要么英俊漂亮，长得跟电影明星似的，没钱也可以考虑。唯独缺的是：结合自身条件，找一个与自己真正般配的。一句话：八零后孩子在找对象时，太缺少自知之明。

爱情大都是从有好感和不甚了解开始的。没有好感，很难发展成爱情；如果太了解了，爱情也基本没戏。年轻时我们不懂爱情，就像水中月，雾中花。因为不懂，如今回味，才知道什么是纯和洁！没结果的花，永远像少女那般惊艳夺目！

人的一生，可能要经历不止一次爱情。比如，最初的朦胧之爱，甜蜜的单相思；花季芬芳的爱情；旅途中无意的邂逅，擦肩而过的一个微笑令你恍若隔世……你是否常常回忆起曾经的爱情？人生的伴侣大多只有一个，但能擦出爱情火花的肯定不止一人。回忆爱情是一剂疗伤良药，会让你更加坚定地面对现实，从容应对。

脱了内裤再穿上，双方始终和谐就叫爱情。脱了裤子再穿上，双方立即翻脸就叫强奸。如今对许多八零后而言，有些爱情像强奸，有些强奸像爱情。北京，地铁五号线中转站，一位模特身材的女九零后边走边打手机，突然朗声道：“你丫混蛋，刚提起裤子就不认账了？！”……刹那间，中国一片寂然。

过来人的话：年轻人有了爱，要勇于去表达，莫怕碰壁。如果两情相悦，爱情就是一层窗户纸，一捅就破。如果两情不悦，你努力追求过了，即便不成功，也不会留下遗憾。这个世界人很多，但能遇到你真爱的人，机会不多。许多年轻人因为羞于出口，而错失一生幸福。过来人的所谓道理，其实大都是从他们自身的惨痛经历中总结来的。很遗憾，更多的后来者依然会重蹈覆辙。世上没有卖后悔药的，但世间有了人的同时，就有了一件名叫“后悔”的事。

爱情是一堆火，只有相爱的男女不停地添加柴禾，它才会越烧越旺，经久不熄。如果一方撤火，另一方死不松手，就可能引火烧身。如果双方都撤火，那就自然而然熄灭了。

爱情这东西，百分之九十是少男少女做出来的，是衣食无忧的小资男女造出来的，是无聊文人为赚稿费撰出来的。许多爱情悲剧，是刻意而为出来的，结果还把自己的性命也搭了进去……其实，大多数人的爱情，就是柴米油盐，就是生儿育女，然后相扶相携，白头到老。最普通的爱情常常也是最浪漫的爱情。只不过这种浪漫太多了，人们反觉得它很普通。

范蠡是个英雄，因为爱国，把自己的女朋友西施送给了吴王夫差。夫差是个好丈夫，因为爱情，把自己的国家丢了。亡国之后，西施又回到范蠡身边。有没有人知道，离开夫差的西施，是否还真的爱英雄范蠡？他们归隐后的爱情，是否真的很幸福、很快乐？

皇帝中，西汉光武帝刘秀算是少有的一个对爱情忠贞不渝之人。他青少年时对阴丽华一见钟情，感叹此生“娶妻当娶阴丽华。”后，果真如愿娶之。然红袖添香不足半年，刘秀征河北，又不得已娶郭圣通为妻并在称帝时封为皇后。刘秀总感觉愧对阴丽华，终因郭圣通犯错，扶正了阴丽华。从此夫妻恩爱一直老死。

爱情——是男人和女人关于情爱的一场战争，永无赢家。无论哪一方想在这场战争中成为胜者，最终的结果都会鼻青脸肿，得不偿失。爱与宽容是赢得对方那颗心的最有力武器。懂得这个真理，你们将白头偕老，永享人类最美好的情感。

爱情，对每个人的一生来说，都是一场革命。无论轰轰烈烈，抑或平平淡淡，它的影响力都将经久不衰。谁都无法躲过这场革命，除非出家当和尚或尼姑。可是，谁知道和尚尼姑不曾被爱情撞过腰呢？

情调，就是把“调情”反过来读的那个词儿，它就是在情感的酒精中掺一些水调和后方能饮的那种饮品。缘来时，爱情就像一层纸，一捅就破；缘没来时，爱情就像一堵墙，你无论怎样努力也无法穿越。相信缘分，相信一见钟情，相信你的爱情总会来的。但千万不要守株待兔，因为兔子不可能那么巧，一头撞在树上，晕在你面前。

请给我一点时间，让我慢慢地爱你。让风从我的指尖，直到你的耳边；让光阴从你的长睫，直到我的唇。请给我一点时间，让我们偎依着在海边，看那轮日出了又落了；让我们相拥在榕树下，看那高高的山慢慢幻化成沙……这一点点时间不算太长，一生就够了！许多年前女孩那个眼神，我至今还记着；许多年前女孩那句话，我至今还记着……透彻骨髓的爱并不需要太多表达，一个眼神或者一句话，就足以让我们刻骨铭心，记忆一生。

情人节时某街角，小伙与女孩并肩而行。女孩手中拿着一束鲜花，一脸的矜持与娇羞。有时候，人的幸福与否，并不在于多么贫穷或富有。或许，一束鲜花就可以让那个女孩铭记一生。

功成名就的企业家对一位青梅竹马的女孩刻骨铭心，最近终于回了趟故乡。回来后请俺喝酒，酒罢大哭，俺问：“咋了，没见着她？”他答：“见了！”“那还哭啥？”答：“相见，不如怀念。”

身体会老去，但爱情不会老。十八岁的爱情与八十岁的爱情，本质上没有区别，区别的是人们看待他们爱情的眼睛。不亲历，局外人是永远不可能体味得到的。所以，不要对别人的爱情指手画脚，无论他（她）是十八岁，还是八十岁。

爱情就像脚和鞋子，舒不舒服自己知道就可以了，没必要拿来在公众面前显摆炫耀。观众看到你光鲜的外表就足够了，并没有多少人想看你有没有穿袜子，除非他（她）是偷窥狂或恋足癖。

真正幸福的婚姻是不愿意拿来让公众知道的，因为它仅仅是两个人的绝对隐私，就像被窝里的那两个光身。一旦曝光，就会变质。但凡在公众面前秀过婚姻爱情的，大多以悲剧终结。这不是魔咒，而是现实。祝天下有情人像守护隐私那样守护爱情。

爱情的履历

我生在农村，所以没上过幼儿园，但按学龄史来讲，我应该是在幼儿园时，就开始对邻家女孩有好感了，我把家里的糖果偷偷拿给邻居女孩吃，邻家女孩很快吃完，笑眯眯地问：“真好吃，还有吗？”我说：“有，你等着！”回家又“拿”，结果屁股被爸爸狠狠“赏”了几巴掌。

小学一年级，暗恋班主任兼语文老师，女老师扎一根齐腰长的黑辫子，圆圆的苹果脸，大而会说话的眼睛、亮晶晶。女老师布置作业——写生字，为讨好她，我一口气写满了一本练习簿。结果，只有数量没有质量，却为我以后的“草字”打下了坚实的基础，直到现在，我的字迹还跟——狗刨似的。

小学二年级，爱上班里同一小组的高个子女孩，女孩子长脸，杏眼，小嘴红红像樱桃，我不止一次在梦里邂逅她。结果，我把她的长辫子偷偷绑在小板凳上……后来，老师罚我站在教室后面看那个女孩子后脑勺儿45分钟。

小学三年级，一不小心把一个女孩子紧紧抱在怀里。结果，被该女孩子另一个追求者打得两个鼻孔流血，满地找牙。小学四年级，数学得了全班第一名，平生记忆中第一次被异性吻，她是我妈妈。我想：要是同桌的×××也这样吻我该多美呀！这想法我对谁也没敢说，但至今没忘！

小学五年级，考双百分，被班里一个并不很漂亮但很有味道（她身上总有股奶油味道）的女孩悄悄一吻。这个吻让我回味整整一个漫长的暑假。初中一年级，在上课时给一个女孩子递纸条。结果，那个女孩子把我的纸条交给了身高一米八九的男老师。男老师当范文在课堂上念了一遍说：“文字很不错，但对象错了！”

初中二年级，一个同班女生约我去逛街，我偷偷拉一拉她的手，她的脸立即跟苹果一样红。那天我把自己一个星期的伙食费全部花光，后三天靠喝凉水维持生计。

初中三年级，作文获二等奖，消息是由一个女生告诉我的，她的父亲是语文老师并兼那次全校作文比赛的评委。但在学校贴黑板报时我的大作却被"遗漏"，没能光荣见天日。那晚，她递给我一个纸条，上写：我知道你很难过，别泄气好吗？

高中一年级，我开始诗歌创作，灵感是隔壁班上一个小女生，我把写了一百多页的爱情诗献给她。两天后，我在她放学的路上拦住她，问："写给你的诗看了吗？"她说："我都给我爸了。"

高中二年级，和一个女孩去春游，我摘了一朵花送给她，说：给你一个春天！她高兴得吻了我的唇。一个路过的山村老头很努力地咳嗽了一声：浑小子，别摘我的狗尾巴花！

高中三年级，我努力学习，参加高考，在考场上对邻座的女考生一见钟情，当即写诗一首暗递给她，她似乎会意，也偷偷伸手接住，迫不及待地打开一看，立即翻脸说：神经病！监考老师过来看了看说：这不能算抄袭！

大学一年级，我在女生宿舍一扇有蓝色窗帘的窗下站了整个晚上，希望能感动一位扎马尾辫的女孩。结果，次日一早，她将一盆不知是什么水倒了下来。大学二年级，第一次失恋，原因是我喜欢吃羊肉、鸡肉、兔肉，还有猪杂碎等东西，而这一切恰恰都是她最讨厌的。

大学三年级，第二次失恋，因为我和她一同去电影院时，多看了一眼一个也许比她更漂亮些的大一女生。大学四年级，上半年，一个女生对我一往情深，可是我不喜欢她；下半年，我对另一个女生一往情深，可是她却不喜欢我！结果，直到毕业，我还是孤家寡人。

爱情是讲缘分的。缘来时，两个人的爱情就像一层窗户纸，一捅就破；缘分没来时，爱情就像一座珠穆朗玛峰，很难翻越。等待爱情，并不是守株待兔，但也不可强求。武力或战争可以解决很多问题，但它解决不了爱情。所谓强扭的瓜，不甜。

早恋的孩子，情商都比较高。但这不足以成为你早恋的理由。春夏秋冬，一年四季。少年、青年、壮年、老年，人生四季。每一个季节都有你应该做、必须做的事情。早恋，无异于在春天时却想摘成熟的果子，除了苦涩的青果，你确实摘不到香醇的美味。

遇一提笼遛鸟的大妈，问："经常遛狗的那位是你闺女？"我彷徨：9岁女儿养狗却不遛狗，重任多由我与妻承担。惶惑答："是我妻。”大妈惊：“好年轻，聪明又伶俐。”大妈如是说，一是存心恭维我；二是妻的确依旧年轻；三是我看上去太老。同一件事，站在不同角度，收获的心境却大相径庭。

职场江湖

人是动物。世上没有圣人，也没有绝对的好人，不要希望你遇到的每个人都是好人。把人当作动物防范吧，大多数情况下人是人，但在某些条件下每个人都可能是兽。你要努力做到的是——在正确的时间、正确的地点，遇到一个人善良的一面，而不是其兽性。

批评别人很容易，动动嘴就可以了，且貌似苦口婆心、谆谆教导的导师心态。看清自己则很难，有的人一辈子也没能正确认识自己。太多的人只把眼睛盯在别人的缺点上，却极少想自己与别人比起来还有更多的不足。

太多的人容易骄傲。被奉承几句领军人物、大师，或著名的×××，就会自我感觉良好，甚至很得意。殊不知，立马就被人家看到你屁股后面那高高翘起的尾巴来。

不要不说话，也不要常说话。不说话和常说话有一个相同的结果，就是容易被忽视。所以，人，要学会在该说话的时候说话，不该说话的时候闭嘴。少说话应是一件开心的事。守口如瓶，对人对己，益多害少。如果开口，能幽默一点，于人是乐，于自己是享受。所谓：大事要小声说，急事要慢着说，小事要幽默着说。

把自己想得太聪明，是愚蠢的表现；把自己想得太愚蠢，是自卑的表现；让自己理智一些，这才是聪明的表现。自己都不把自己当人看，别人还怎么拿你当人？许多时候，我们总埋怨别人对不起自己，为什么不低头想一想，自己所做的是否对得起别人？

中国人很讲究人情，搞关系网。明明按规定政策可以顺理成章办的事情，非要通过人情关系去搞。这样搞关系的人觉得自己人脉广、路子广，被搞关系的人也觉得自己有面子、有能力。这种人情关系网越来越混乱，导致人人去搞人情走关系，人人自危。

世界上有很多事，是很难说对与错的。站在你的角度，你认为错了；而站在别人的角度，人家认为对了。对与错的判别，往往与一个人所站的角度不同有很大关系。也正因此，世界上每天都在发生误解、争执、恐怖袭击和战争。和谐是人类的理想，也是个永远难以实现的梦。

有些人很贱，你若对其客气，他就要端架子，真把自己当成爷爷或奶奶；而一旦你端架子，他立即把自己变成孙子。不知道如何摆正自身位置，是当下很多中国人的软肋。更多世故的人，知道自己何时可以当爷，何时该当孙子。这种人的盛行不能不说是这个社会的悲哀。大千世界，人人平等，不要高看自己，也不要看小自己。先把自己当人，别人才能把你当人。

与官二代相比，唐骏并不是那么可恶。没有当官的老子给铺路搭桥，就弄张文凭给自己铺路搭桥，这办法其实挺适合中国国情。如果有这样的机会，恐怕那些对唐骏横眉立目者，也会给自己买一张。

文凭在中国就是一块敲门砖。一旦进门，它就和擦屁股纸一样，不会有人愿意再多看一眼。它的重要性只在于敲门，如果你没有这个敲门砖，在这个看重文凭与学历的年代，恐怕你连那门都无法进去。所以至少现在，我们仍无法忽视它，仍会有无数莘莘学子前仆后继为之奋斗。

在当下，官员博士化正进行得如火如荼。如果哪个官员不是博士，或者不是在读博士，就会觉得低人三等，没有前（钱）途。官员为何热衷于读博士，值得当政者思索。一味地高学历崇拜，不注重实际能力，对于社会的发展是非常危险的。

永远不要妄想和老板成为平等共处的朋友。在老板眼里，你只是一个能为他赚钱的工具而已。假如你真的和他成了无话不谈的朋友，他以后怎么对你发号施令，他的“威严”放在哪里？想和老板做朋友，只能说明你太天真，无异于与虎谋皮，还是省省吧！

永远不要奢望和你的老板成为朋友。老板在需要你的时候，会和你称兄道弟，把你当朋友；老板不需要你的时候，就会摆出一副死相脸，甚至翻脸不认人，一脚把你踢到南北朝。古人说，伴君如伴虎。于今同理。

干活的人，总能被找出许多问题或差错；不干活的人，根本就没有问题或差错可找；所以，问题或差错多的人，并不一定是坏同志，没问题或差错的人并不一定就是好同志。当领导应该想到这一点，才不致使干活的人受委屈，不干活的人偷着乐。

乡下有句老话：谁变蝎子谁蜇人。如果你不准备辞职，就不要对你的领导怨声载道。因为假若换你做了领导，你也会像他那样对待下属……别说“你不会”这三个字。其实，大部分人都会这么说！一纸书来只为墙，让他三尺又何妨？万里长城今犹在，不见当年秦始皇。这首诗，许多办公室中的人都该好好学习。退一步海阔天空，你绞尽脑汁、挤破头皮想争得的，其实都很微不足道，且放手吧！让自己快乐一点，比什么都重要。

不要以脾气不好为自己解脱。是人，谁能没有脾气？说自己脾气不好的人，实际应该承认说：我这个人没有教养！脾气，该发的时候若不发，说明你软弱和愚蠢；不该发的时候爆发，说明你的无能。常借口自己脾气不好而乱发脾气的人，只能说明他在小瞧别人，真遇到厉害的，他也不敢发作。任何一个人没有义务来承受他人的坏脾气。治疗那些坏脾气人的办法，就是以牙还牙。或者在他发脾气时，一走了之。

与领导沟通的几种途径：在办公室交流；在会议室沟通；下班以后通过电话交流；通过电子邮件或MSN。不要把不快压在自己心里，人和人是需要沟通的，和领导亦是如此。唯有沟通才能消除误会，才能让流言荡然无存。

不鼓励一辈子都给别人打工。因为打工，你创造的劳动价值十之八九被老板占有了。打工只是一个人完成原始资本积累的手段。当你获取了第一桶金，或者拥有了自己的原始资本后，就给自己打工吧。虽然创业开始会很艰辛，但至少你不会再被老板剥削。

职业女性在工作时间，一定要注意自己的穿着打扮。许多女性在办公室穿得很休闲，甚至以邋遢为个性。这既是对自己的不尊重，也是对别人的不尊重。如果有男同事对你做出不尊重的举动，请不要怪对方，先怪自己。

晚上出门遛点点狗，路上碰到十个人，有六个是一边走一边听手机。手机这种现代产高科技，最大的功能就是：既方便了你时时处处控制别人，又方便了你时时处处被别人控制。有些人一下班，立即关掉手机，为什么呢？八小时之外，领导休想再管老子！越来越多的公司明文规定：员工必须24小时开机！违规者，可以卷铺盖走人了。

身体好时，我们常常忽视它。等到哪一天，你忽然开始关注身体某个部位时，那里八成是闹病了。单位里那些老实本分的人常常被忽视，而搞怪捣蛋的却总能得到领导的特别关照。有句俗话：会哭的孩子有奶吃。但愿你能关注自己的整个身体，领导能关注老实本分的员工，母亲把奶喂给不哭的孩子……

普京说：不要轻易拔你的枪，即使是虚假的动作也不要做。而当你一旦决定拔枪，你的敌人将必死无疑。普京很像中国武林高手，一招致命。这让人想起在现实生活中，如何处理你和你的对手的关系。表面文章还是应该做，见面打一声招呼，吃了吗？喝了吗？今天天气不错，呵呵……不要随便显露自己的真实意图，而一旦出手，就必须“致命”。

如果一个人的善良得到大家公认，那么他将因此受益无穷；如果一个人的奸猾被大众识破，那么他将因此寸步难行。其实，生活中并非都如此。良善者常受欺负，奸猾者常得便宜。好人短命，小人长寿，不是没有。

炒菜时，顺手将半碗鱼汤倒进去。端菜上桌，女儿道：“好香！”我道：“吃时小心有鱼刺！”女儿仰天长叹：“吃饭还要提高警惕啊！”——中国人擅长饭桌外交，许多事情都是在饭桌上谈成。所以，提倡吃饭时提高警惕，也说得通。

你听到的，未必是心声；你看到的，未必是真相。相信自己，并不是一定要相信自己的所见所闻。有时候，骗子恰恰是在利用你的眼睛和耳朵来欺骗你。

万事仁为心，无仁无万物。古往今来，成事者未必在仁，但败事者，大多与不仁密切相关。故，为人为事，仁为上，至少可以得到自在平安。凡事切不可做绝，为他人留一条活路，就是给自己一条活路。一个人若残忍，必将受到更加残忍的回报。

大话西游

我总认为《西游记》的作者是一位真正看透中国人性与人情世故的超级幽默大师。比如，在中国的任何一个办公室，无论人数多与寡，都能找到《西游记》中几位主要人物的影子：唐僧、悟空、八戒、沙僧，来路不同的妖魔鬼怪，当然还有女妖精。

唐僧是如来佛徒弟金蝉子转世，猪八戒是天蓬元帅转世，沙和尚是卷帘大将转世。只有孙悟空是草根出身，从石头缝中蹦出来。本事最大的常常是无任何背景的，也常常是被领导视作最不听话的那一位。不想要又离不开，所以，人才的头上大都有一个紧箍咒！

要说出身最卑微的，恐怕还是齐天大圣孙悟空。从石头缝里蹦出来，没爹没妈。世界上哪个人比他更惨，恐怕没有。但最后混得最有名的、最好的还是他，他混了个齐天大圣，可以与玉皇大帝平起平坐了。英雄不问出处，但生活中能做到的少之又少。

猪八戒的烦恼：师父太愚，跋山涉水万里千里就为取几本狗屁破经；猴子本事太大，太爱出风头，有他在偶再努力也永远只能屈居第二；沙师弟人太老实，想让他帮忙撒个谎都不会……哎，啥时候能回高老庄看看咱媳妇？

如果让美女们从唐僧的三个徒弟中挑老公，猪八戒恐怕是最先，其次是沙僧，悟空可能是最不受欢迎的。因为，猪八戒最懂风月，沙僧倒还老实可靠，唯独这孙猴子，一点不谙男女之事，要他何用?

话说孙悟空穿越到现代，在办公室当了一把手，看下属哪个人都不行，事事必亲力亲为，结果活活给累死了。来到地狱，阎王指着他的鼻子说：你命中注定做不了一把手，生就一大徒弟的奔波命。

沙僧的快乐：师父取经一路朝西，咱人生也算有个目标了；猴哥本领大，天塌下来有他顶着，压不着我；二师兄好吃懒做，师父有气可以朝他发泄，不用我来受气。猪哥和猴哥一路明争暗斗，咱乐得在旁边看免费的大戏。人这一辈子，不就是图个平平安安、快快乐乐吗？活着就好！

在领导眼里，孙悟空不会是个好员工。虽然能力很大，但最不听领导的话。如果不是需要他逢山开路、遇水搭桥，早把他做“清退”处理了。现实中的孙悟空并不少，很能干却未必受领导欢迎。被猪八戒们排挤走的，恐怕也不在少数。

在领导眼里，孙悟空不是个听话的好员工；在美女眼里，孙悟空最不懂风月。所以，领导和美女都不会喜欢他。但只要是个男人，心底里都或多或少有孙悟空情结。自己在现实中实现不了的，孙悟空能帮他们实现。这也是孙悟空比较受男人们欢迎的原因。

唐僧的烦恼：死猴子虽有本事，但太不听话，净想回花果山做他的山大王；猪八戒虽很会拍马屁，但太懒太馋，好不容易寻个西瓜，猴子不给，沙和尚不给，都还说得过去，竟然连师父我也不留半片，自个吃了独食儿；沙和尚虽然老实本分，但能力实在有限，遇见妖怪，只会喊“大师兄，妖怪来了”，“二师兄，妖怪来了”，“大师兄、二师兄，妖怪来了”。我要你这个徒弟干吗？哎，这世界上十全十美的员工，怎么和大熊猫一样稀有哩？

孙悟空的烦恼：死和尚虽然执着，但太死心眼儿，动不动就动用他的权力给我念紧箍咒；猪八戒虽然猴哥猴哥叫得甜，却最喜欢背后捅刀子；沙和尚人虽然不错，但出了事别指望他给你帮忙。这世界上好老板都死绝了，十全十美的同事哪里找啊？

职场小品

埋头做事的人，常常无暇碎语；絮絮叨叨、指手画脚的人，常常不干实事儿。

某科室共三人，甲、乙、丙。长工资，三人仅有两个名额。讨论投票，决定名额得主。三人皆默默无语，如佛入定。下班时间到，三人依旧坐如故。半小时后，甲坚持不住，离去。下午上班，结果已出。乙、丙各长一级工资，无甲。原来，甲走后，乙投丙一票，丙投乙一票。通过，有效。

A局长突然病逝，A夫人到局里要车，以便出丧时使用。局办公室秘书说：B局长父亲去世，全部车辆都调去了。A夫人大怒道：A局长是一局之长，B是副局长，他的父亲平头百姓一个，他凭什么用车？秘书淡然一笑说：B副局长现尚在位置上，而A局长已经死了，这不是情况有别嘛！

科长设宴，欢迎上级领导光临。为活跃气氛，科长边给领导斟酒边说：我这一倒，两个成语出来了。领导问：什么成语？科长示范说：我倾斜着往你杯中倒酒，这叫“邪门歪道”；啤酒沿着你的玻璃杯壁儿往下流，这叫“卑鄙下流”。领导听了没笑，反而生气地说：他们骂我的话，怎么这么快就传到这儿来了？

年终，市长举办祝捷酒会，邀一批劳模参加。酒会开始，一位乡下来的劳模捧起面前一碗供洗杯箸的水喝了，顿时引来个别人的惊诧与讥笑。劳模知道自己不懂酒席规矩出了丑，面红耳赤无地自容。市长端起自己面前那碗水：我提议，为战斗在生产一线的劳模干了！是晚，众劳模大醉而归。

某公游泰山，见一红脸猴挡道，怒喝：我乃某局局长，还不快让开！红脸猴面有愧色退在一旁。过数年某公重游泰山，复与红脸猴邂逅。红脸猴纵身跃居道中。某公依前例呵斥：我乃某局局长，还不快让开？红脸猴岿然不动：我乃泰山猴王，官儿比你大，还不让开？！某公黯然退在一旁，红脸猴昂首阔步走过去。

某局长好口才，讲话滔滔不绝。每次讲话部下皆听得如醉如痴。见面时部下总要说：“局长，该开会了，许久没听您的训导！”后来局长退休，新局长请退休后的某局长做顾问，并请他训话。台下众老部下皆昏昏欲睡。有人私问一部下：“老局长训话，咋不听？”老部下睁开睡眼问：“他已退休，还来凑啥热闹？”

工厂车间的大门破了一个洞，厂长指示有关部门修一修。大门很快修好，维修车间主任拿着发票找厂长签字报销，厂长大吃一惊：修一扇门竟花费500元。厂长很生气，下令查查原因。三日后，车间主任汇报说：500元是50元的笔误。

小任奉命陪某官太太去剧院看戏。剧正酣，官太太忽把持不住放一屁。周围一阵骚哗，有人骂：谁放的？屁筒！官太太窘极不语。骂声更甚。小任挺胸站起：我放的！众骚哗即止，皆以手作扇状。官太太亦扇，且侧离了身子，好似要与小任划清界限。次日，某官招小任至其办公室，提升他为副处级干部。

一个很庄重的场合，有两个美女在场。寂静无声间，突然，一个惊天霹雷——不知是谁放了一个响屁。秘书站在领导旁边，秘书当然知道这个动静是谁制造出来的。秘书立即脸上堆起笑：“对不起，刚才我没把好后门儿。”领导严肃地批评：“怎么也不注意场合？”……不久，秘书被提拔为办公室主任。

刘备白帝城托孤孔明：若嗣子可辅，则辅之；如不才，君可自为成都之主。孔明泣拜于地：臣安敢不竭股肱之力，尽忠贞之节，继之以死乎？有内侍贾某私问刘备：主公果欲使丞相为成都之主焉？刘备：孔明之才十倍于曹丕，必能安邦定国，终成大事。唯如此说，方能使其肝脑涂地，报吾知遇之恩。禅为帝，无忧矣！

庞统率军杀奔雒城。行进中见两山道窄树木丛杂。庞统问：此处何地？答：落凤坡。庞统惊道：吾道号凤雏，此处不利于吾。急令后军疾退。一声炮响，敌伏军杀出。庞统守后，勒马向敌。背后忽一箭射中后心。庞统回头见自己军中一小校持弓。问：为何背后暗杀？答：一山不容二虎，诸葛军师有令，落凤坡前取你性命。

赵子龙，晚年封镇南将军，守一方重地。居所之北，有温泉。某日，赵云散步于此，见泉水清澈，水汽氤氲。脱衣沐浴。赵云见水中倒影，完满如婴幼。不禁想到自己一生身经百战，历无数枪林弹雨，万马军中斩取多少上将首级，竟然全身连一处刀痕枪疤也没有。老将军愈想愈得意，哈哈大笑，大笑不止——大笑而死。

翡翠白玉汤

关于朋友

那些恨你的人，你很快就会知道。但有些默默关爱你的人，你可能一辈子都不会知道。珍惜身边每一个人，尤其是那个沉默的人。只有这样，你才不会错过。

人们总习惯在老朋友面前，展现自己丑陋的一面，在新朋友面前，展现自己美好的一面。因为老朋友更了解从前的自己，而人们往往都只记得自己从前那些不好的东西。

永远不要与不诚实的人交朋友。在你面前说话遮遮掩掩的人，要么另有所谋，要么另有所图，这种人不交也罢。即便再好的朋友，也要给彼此留些空间，允许对方保守秘密。好朋友无话不谈，也应该是有选择地交谈。

花无百日红，世上没有不散的筵席，日子终归是要自己度过的。每个人有每个人的事情，每个家庭有每个家庭的事情。不要指望别人来帮你做事情，也不要依赖别人的家庭。默默扛起属于你的责任，学会痛并快乐地生活。这对绝大多数人或家庭来说，只是一个常态。

人，大多属于功利性动物。对其有用的，则笑脸相迎，热情交之；对其无用的，则爱答不理，或干脆不理。遇此种人，需加倍防范。又如职场，在你得势时对你奴颜婢膝者，往往在你失势时咬你最狠。

虽然近在咫尺，心却相隔千里；虽然相隔千里，心却近在咫尺。空间的距离，不是距离，心的距离，才是真正的距离。多多沟通交流，让心相互靠近，让每个人不再感到寂寞、孤单和无助。

同学时代的友谊弥足珍贵，当好好珍惜。一旦步入社会，就很难交到真朋友了。同事很难成为朋友，因为有利益之争。即便非同事，主动走近你的人，可能怀着某种不纯动机……这就是大多数人在社会上混几十年，身边朋友仍没几个的原因。鲁迅曾叹：生于斯世，得一知己足矣。对于真朋友，不要奢望太多，一两个足矣。

每个人内心深处都是孤单的，无论明星、伟人，还是普通人。每个人都渴望交到真朋友，但一个人一生能够拥有的真朋友却实在寥寥。至于那些声称自己拥有很多朋友的人，不是自欺就是欺人。他们所谓的朋友，不过是酒肉朋友，或者因利益而走在一起。没有不散的筵席，也没有永固的利益共同体。

兄弟是兄弟，友谊是友谊。千万不要以借钱来考量兄弟和友谊。几乎所有人都相信，钱只有放在自己口袋里才叫钱。事实上赖账不还，肉包子打狗一去不回的，大多是被兄弟朋友借去的钱。所以再好的兄弟或朋友，一张口借钱，那份情谊也基本该画句号了。老话说：

亲戚不共财，共财断往来。如果把“亲戚”换成“朋友”，道理亦通。

聊天，也是分层次的。处在一个层次的人，可以在一起尽情开怀地聊；不在一个层次的人，你就是想聊也掺和不进去。因为人家聊的你不懂，你懂的人家不聊。所谓物以类聚，人以群分，大抵如此吧。

切记不要让自己成为朋友的负担；常与朋友分享快乐；交朋友要交那种可以做一生朋友的人；抱着某种目的交朋友，结果常会无疾而终。即便交了朋友也不会长久，交易完毕，朋友也就鸟散了。

师友朱瑞昌先生发来短信：人间滋味尝遍，无过菜根香；世上繁华阅尽，还是书卷好。朱先生是一位高人，满腹华章，却极少写出来。我鼓动他多写文字，他总摇头不语。其实写出来又有何用？不如沉在心底，酿成酒，让自己做个酒中仙。

金宏达是我大学时的朋友。我住上铺，他也住上铺，头对着头，常常聊着天不知不觉睡着了。我的新书《七零后私人史》出版，他来信道贺。我说：送您一本。他道：已经买了，要支持你写作，就去购买你的书。好朋友并不总是体现在语言上，更重要的是会体现在行动上。

我们不能让所有的人都满意，也没有义务让所有的人都满意。我们为自己而生活，不是为别人而活着。如果太在意别人对你的看法，那么生活对你来说，不是天堂，而是炼狱。

不要把你遇到的每个人都当朋友。你不知道哪个人会成为你真正的朋友，哪个人对你而言仅仅是一名过客，你更不知道哪个人是在把你当作他的棋子。以真诚态度待人，以明亮眼睛视人。在茫茫人海中，你才不会错过那三两个人生知己。

做人如作画，得学会留白

曾国藩言：为人激烈，不免失于浮浅；深藏不露，自能得到愉悦。此语与“水至清则无鱼，人至察则无徒”同样有借鉴处。人生于世，处世也是一门艺术，尤其是在中国。

许多大师的哲理名言，是蹲茅坑时想到的。所以我们尽可分享大师哲理名句的智慧，而无需关注它的出处。生活中万事总想找到它的源头，其实是在自寻烦恼。为人做事，糊涂点儿，好！

火车，稍一越轨，就必将自取灭亡。人生好比一列奔驰的火车，却总有人想越轨，结果这个世界上就总有“车毁人亡”的事情发生。世界上有些轨是千万不可以越的！

生活中固然有种种枷锁施于我们身上，庆幸的是，我们还拥有一颗自由自在的心，和一片高高蓝蓝的天空——可惜，现在污染很严重了！常言：心静如水。但看那水，又何尝平静过呢？除非是一潭死水。倘若人心已死，又何谈心静？还是拥有一颗不安分的心好！

午休，梦到自己左手食指上裹着绷带，料想是给家里的点点狗咬了。睁开眼，一抬头，看到点点狗躺在它的小窝内正安睡，再看自己的食指，安然无恙。所谓日有所思，夜有所梦，大抵如此。不是我要养狗，是女儿喜欢，所以我才不得不成了狗的看护人。人这一生，非所愿，被迫做的事，多矣！

看电影或听故事，如果有人早早告诉你结尾（剧透），你会觉得索然无味，甚至不愿看或听不下去。假如一个人知道了自己生命的终结是一个怎样的结果，不知他（她）还有没有兴趣继续度过接下来的日子。正因为对未来未知，才使许多人满怀期盼活下去。世界上有些事情，不知道也好！

人只有敬怕的，没有吓怕的；答应别人的事，无论如何都要办到。所以，不要轻易许诺于人；发怒，常常是无能的表现。在局外人看来，生气中的人是多么幼稚可笑，多么不值得，出口的话，做出的事，多么傻，多么……所谓当局者迷，亦同此理。

不一定每个人都能做英雄，但每个人都一定能像英雄一样，拥有高尚的品德、伟大的灵魂。人，就是动物。所以，不要对任何人抱任何奢侈的希望。当你想明白这一点后，你就不会再抱怨，一切全都释然了。

钱是掬在手中的水，很快会从指缝中遗漏掉的。唯有知识，一点点积累，如年轻的山峰，日长日高。金钱使人变成奴隶，知识让人做生活的主人。人生需要投资，而投资是分很多种的。不要一味关注是否在金钱上的增加。应当把有形的金钱投资到无形的自身能力提高上。就像跳远跳高比赛，后退是为了跳得更远、跳得更高。

世间玩乐事不可谓不多，麻将、赌牌，种种。不能不玩，不玩不知其乐在何处；亦不能常玩，乃至沉浸其中，不能自拔。高明者，能入能出，享其乐而不受其害也。不要想未来还很遥远，一眨眼就会来到你面前；不要想明天还有很多，一个人的明天很有限。只是一瞬间，我们就会从少年变成老年，美丽少女会变成龙钟老太太。从古至今，没有人能阻止时间的步伐，无论他是帝王将相还是庸人圣贤。时间无多，抓住今天，好好活在当下吧！

夜里豪情万丈，白天依然故我；床上满脑子的理想，下床脑海空空荡荡……其实，成功人士与平庸人区别不大，他们只是把床上的想法，在床下变成了一往无前的行动，并且很幸运地成功了。对大多数人而言，我们并不缺乏激情与梦想，而是缺乏脚踏实地的行动。

黑夜是光明之母，是她孵出了一轮红日。许多人知道歌颂母亲，却从来没有人歌颂黑夜，更没有人明白：黑暗是黑夜的主宰。人类的愚蠢在于：总认为自己是世界最聪明的动物。

太过张扬会被鄙视，或被一棍子打得灰头土脸；太过内敛，在市场经济年代会被忽视，难有出头之日。把握张扬与内敛是门艺术，带着内敛的张扬，和带着张扬的内敛都颇具杀伤力，容易被人接受，目的也比较容易达到，且不会带来“杀身之祸”。我们从来不缺自由的空气，也不缺自由的心，我们从来缺少的是——自由的行动。

歌颂的时候，我们畅所欲言；批判的时候，我们顾虑重重。其实，有人类以来，从来都是如此。人类历史上下五千年还多，但真正人性的进步，也许一步也不曾迈出过。

粗陋是粗陋的通行证，野蛮是野蛮的通行证，文明是文明的通行证，爱是爱的通行证……你的通行证永远掌握在你自己手中。所不同的是：有人走向天堂，有人坠入地狱。

人生就像旅途，大多时候，都在从一个目的地奔向另一个目的地，背负重重的行李，行色匆匆，星夜兼程！有的人感到痛苦，有的人很享受这个过程。人生就像乘车，选择的车不同，乘车环境、条件，所享待遇，抵达目的地的时间，会千差万别！所以，人生选对车次很重要。

许多矛盾源于误会。若不妄自揣测，矛盾就会减少百分之九十以上。误会的产生，大多源于自己的“以小人之心度君子之腹”。若人人心怀坦诚与善意，矛盾就会减少或消失。

穷人的孩子长大成人后，无论吃什么都会吃得很香，且从不挑食儿。吃什么都香，是拿多少钱也买不到的，是受益一生的味道享受。因此从某角度说，从小生在富贵乡里吃嘛嘛不香的孩子，也真可怜！连人生最基本的吃的享受他都没有了。

人生得学会放弃。上午没事，整理储物间，十年前我供职的旧报纸还在。妻子说：要之何用，扔吧。我说：留个纪念。生活中要留纪念的东西太多，都一一保存，家则成了储物间。不如存在记忆里吧，该扔的全都扔了！积聚得多了，反成累赘。人生路上，轻装旅行最好！

熟悉的地方没有风景，所以城里人总想开车去郊外山沟里野炊，乡下人总想到城里逛公园看商场。上帝永远是公平的：让你得到的同时也失去，失去的同时也得到。白居易有“我生本无乡，心安是归处”，又有“无论海角与天涯，大抵心安即是家”；苏东坡则有“试问岭南应不好？却道，此心安处是吾乡。”古人今人无差别，人生多漂泊无定，只要内心安定，哪里都是故乡。

不要总回忆过去；不要奢望未来；不要错过当下。能做到这三条，幸福就不远了。幸福是什么？就是在秋冬时节，你可以听着窗外冷风呼啸，安静地坐在家里床上看一本自己喜欢看的书，而不需要匆匆忙忙去上班，无论是开车还是坐公交车。幸福，是童年时初升的太阳，是少年时夏泳的长河。幸福，是年轻的夫妇，共读他们新生的婴儿。幸福是幸福的根，不幸是不幸的叶。品尝那梢头的果，有的苦，有的甜。并非所有的幸福，都结甜蜜的果；并非所有的不幸，都收获苦涩。

当你感到疲惫不堪、生活毫无意义时，请像孩子那样，虔诚地望一望夜空的星辰吧。对于大多数人来讲，“十人九志”最后都变成了“十人九痔”。现代人应该多讲自律、自省、自制，少讲自信。太自信就是太自我，狂妄自大，不知天高地厚。太自信的人一生都不会幸福。因为对人而言，有可控制的部分，也有不可控制的部分。万事的成功与否，有许多外因存在，并不是自己一个人说了就算的。

良心，是对有良心的人而讲的。对于无良心者，或以出卖良心换取利益者而言，讲良心就是软弱和无能的表现。对于不讲良心者，最好的办法是拿起最有力的武器，以牙还牙，以血还血。

中国人应该好好学习《周易》。四十岁的人，如果不懂一点易经，人生的许多困惑会难以释怀。听台湾曾仕强教授讲《周易》，应作为四十岁后的中国人的必修课。无论如何，要穿一双合脚的鞋子，保持它们整洁、干净。因为鞋合脚与否，只有自己知道；心灵安康与否，鞋面会无声地告诉别人。

不要小看树，树比人的寿命长；不要小看石头，石头比人的寿命长……世界上有无数被人类忽略了的东西，都比人的寿命长。当人类目无他物、自鸣得意时，他们在那里，不言不语。当人烟消云散、化作尘埃时，他们还在那里，不言不语。敬畏生命，敬畏自然！敬畏日、月、星、辰！

在这个世界上仪式有很多种，婚礼仪式，开幕仪式，成人仪式，升旗仪式，阅兵仪式，奠基仪式……很多时候，仪式只是表达人们心中重视的一种形式。做出来不仅仅是给外人看，重要的是要给自己的心看。举行仪式，其实就是让自己心安无愧。

情感这件事

燕子，一尾羽剪，剪绿了两岸杨柳细叶，剪得开一腔恩爱离愁否？黯然销魂。金庸的武侠小说有销魂掌。“销魂”一词在人的生命里一直潜伏着。它把我们生命中某一刻的感觉赫然表达出来，真是一个绝妙好词。

都知道月宫是没有的，嫦娥是不存在的。但我们依然在传说嫦娥的故事。美丽的东西，即便知道是假的，我们也愿意相信。就像所爱的情人，即便知道他（她）已经不再爱你了，你还在固执地对自己说：不，他（她）一定会爱我的……

不要以爱的名誉，做令亲人痛的事情。即便是最亲、最近的人，我们在说话做事的时候，也应当谨慎和有所顾忌。或许你无意中的一句话，就可能深深地伤到对方，它就像一枚柔软的刺，却足可以扎进亲人心中最柔软、最敏感的地方。

少年时，觉得两个人一起去远方流浪是一件很浪漫的事情。长大了，真的可以和所爱的人一起去漂泊了，才发现没有浪漫，只有现实生存与发展的残酷。艺术源于现实，高于现实，我们永远不可能生活在自己想象的——艺术中。

感情是不理性的，理性也是不感情的。充满理性的感情，与充满感情的理性，大多都像掺了水的酒。人类在情感与理性中挣扎数千年，也不曾寻到一个完美答案。而人类要和谐发展，永远要考虑感情与理性的平衡。正是源于此，我们才拥有丰富的人生和动人的故事。

小别胜新婚，适当的别离能加深夫妻情感。亲情同样如此，许多中国的老人，对生活在身边的儿女抱怨有加，甚至怒到不相往来。而对远居异地的儿女，则思念有加，恨不得拉回来一起生活。真若是能共同生活了，未必不会出现和身边的子女那样的“不相往来”。所谓：距离产生美。同理，距离也能产生爱。

世界上至少有两个人令你终生难忘。一个是你的至爱，一个是你的最恨。他们共同的特征，就是都曾用一把无形的雕刀，在你心灵最柔弱的部位，刻下你永远无法抹去的记忆。

过节了，而且是双节。你一定收到许多祝福短信。你老实告诉我，其中有没有一条是他（她）的？虽然是雷同的问候语，但在你看来却别有一番滋味……严重给你一条警告吧：不要搞婚外恋，因为奸近杀！这是老祖宗百千年前的总结。

每一个女子，都是人的女儿，也或已经是人的妻子。不要侮辱任何女子，她的父亲不会原谅你；不要邪淫任何女子，她的丈夫不会原谅你。违背人伦者，天不杀之，人杀之。

守望心中那份温暖的记忆，在生活中已成为许多人最坚强的心灵依靠。在成长中给我们最大力量的，不是金钱或权力，而是来自亲人不求回报的无私之爱。多年后蓦然回首，你是否还能想起那些已永远离去的亲人？爱使我们感受到幸福的力量；爱使我们品尝到生命不竭的源泉！爱使人类生生不息，有爱才有未来！

一个人一生中，能真正全心全意对待你的有几个人呢？没有交易，只有无限纯粹的爱！他们的快乐就是对你付出全部爱。对我而言，无外乎外婆（已去世多年）、父母双亲、妻子女儿几个而已。仅他们几个，我已非常满足了。我可以全心全意地爱他们，同样只讲付出，不求回报。

到阳台上看月亮，忽然想起，许多许多年前在大学时代，那个中秋节，我独自到教学楼的楼顶看月亮，遇到一位女同学也在那里看月亮。我们相互看了一眼，她婉约一笑。我至今不知道她的名字，也不晓得她大学毕业后去了哪里，但那婉约一笑，让我在今年的中秋节又想起来了，竟清晰如昨日！

爱一个人，你可以给她温暖的家，可以给她金钱、名车……但总有些东西是你无法满足的。一个人注定会承受各种各样的烦恼、痛苦，注定需要她独自受煎熬，去面对和解决。你只能默默祈祷，愿上苍对她那颗稚嫩的心多一些呵护，愿幸福和快乐伴随她一生。

我与妻是极普通的一对，像许多中国传统的夫妻一样，极少拥抱，更不要说热吻。当然偶尔也会，就是这少有的拥抱，使我体验到一种对心脏器官的极大好处。在这少有的拥抱中，我曾与妻说：我们天天这样拥抱一次好吗？妻点头，她在沉醉中感叹：这种感觉真好！但过后，我们似乎都忘了这个颇富浪漫的提议。

其实，我提出相互拥抱的建议，并不是为了浪漫，而是从生理机理的需要上，我亲身感受到拥抱时自己心脏所享受到的美好抚慰。一颗原已疲惫的心脏，也许是受了伤害的心脏，刹那间神奇地完好如初，恢复生机与活力。拥抱胜过世上所有的灵丹妙药，它让心脏器官得到了极好的疗治。

在拥抱这件事上，很羡慕西方人。他们经常相互拥抱，有时还亲吻对方的脸颊或额头，情人之间的热吻更是家常便饭。中国人很少能做得到，朋友、同事之间，握手致礼。家庭成员间相互握手的就极少。记忆中，我很少与父母拥抱，尤其在自己长大之后，连与父母握手也没有过。有这种经历与感受的，在中国并不少！

相信：拥抱是一剂良药。拥抱的时候，心与心距离最近。夏日的时候，与五周岁的女儿常做一个游戏，我们都把单薄的上衣掀起来，然后肚皮贴着肚皮、心贴着心。女儿快乐地抱着我，我能感受到她小胳膊的力量。我温柔地拥紧女儿问：舒服吗？女儿说：舒服。从女儿那里，我得到了自己想要的答案！

在父女紧紧相拥时，我感到一颗心与另一颗心在最近的距离上相互所产生的那种无以言表的力量。如冬日两只相互取暖的小鸡，紧紧贴在一起，它们不但得到了温暖，也得到了加倍的安全感。我的心就在这甜蜜的拥抱中，忽然间舒适了，放松了，充满了无限的柔情、宽容与爱。从生理机理上讲，我的心房如服过一粒仙丹神药，所有的伤顷刻间都被抹平，一点点疤痕都没有。

女儿现在还小，与我玩肚皮贴肚皮、心贴心的游戏时，不觉得害羞。若干年后，女儿长大，她不会再与父亲做这样的游戏。那时，我也不可能与她做这样的游戏。可是，拥抱所带来的对心脏的安抚与疗治也就没有了。所以总想，女儿长大成人，我一定要常常与她拥抱，吻她的额头，这是我对她父爱的表达，也是给我自己心脏的一味良药。希望科学家们认真研究一下，从科学理论上讲，拥抱对于心脏是否真的是一剂良药？

成败皆英雄

在你取得巨大成功之前，没有人会在意你的巨大失败、失败的次数，以及失败带给你的深深伤害。在你成功之后，更多的人只不过是拿你的失败，作为他们失败的安慰。犹如拿你的伤口和他们的伤口相比，哪个更浅哪个更深罢了。莫太在意别人的态度，你的成功与失败，与他人没有丝毫关系。

人生时时处处充满了判断、抉择与冒险。在每一个十字路口，朝前，朝后，朝左，朝右，都是你的选择。即便不作任何选择，依然是你作出的选择。不同的抉择，过程和结果都不尽相同，因此，才造成了千差万别的人生。每个人的现在，都是过去自己所选择的，无论你愿不愿意承认。成功的人，总是那些在关键时刻，作出了正确选择并坚持到底的人。

少年时，活在想象里；青年时，活在理想里；壮年时，活在现实里；老年时，活在回忆里。少年看山水，见山是山，见水是水；青年看山水，见山不是山，见水不是水；到了老年，却又见山是山，见水是水。不要以为你的人生之路世间独一无二。在你之前已有无数人走过，成功者有之，失败者有之。你要做的就是尽十成努力去走，成败与否，你的所有努力只占六成，其余四成则来自你无法控制的各种机缘。故成功不必大惊喜，失败也不必大悲伤。一句“我曾经走过”，也就罢了。

面对邪恶，所有人都害怕。有些人勇敢地站出来，他们成了英雄。而绝大部分人，仍然只是普通人。我可能永远都是一个普通人，但这并不妨碍我敬仰英雄。住在水里，不能和鳄鱼作对；住在人间，不能跟自己作对。仰面朝天行路的人只有两种，一种是天才，另一种是蠢材。天才是因为洞视了世间一切而不屑一顾，蠢材是对这个世界一无所知而无所畏惧。

天才，是天生要被嫉妒的，天才在人间的路坎坷者十有八九。世俗之人最不能宽容的就是天才，因为自己不是天才，所以常以能给天才制造麻烦为荣，且恬不知耻。我应该感谢那些在我生命中遇到过的奸邪小人，是他们让我更深刻地感受到了我生命中所遇到的好人的正直与善良，让我更加珍惜自己所遇到的好人，加倍地对他们爱护和感恩。祝好人一生平安！这句话送给我所遇到的好人和普天下所有的好人！

在长长短短的人生中，几乎每个人都会犯错误。小错误可以弥补；大错误无可挽回，甚至致命！让人无法接受的是利令智昏，对朋友的背信弃义。人生无常，人性无常，朋友或许可以宽恕你，但你能宽恕自己吗？所以铭刻于心，时时提醒自己的还是那句话——头脑清醒，认真走好每一步！

人生是由一件事一件事串联起来的。大事小事，愿意做的事不得不做的事，鸡毛蒜皮事惊天动地事，好事坏事，有聊无聊事，高兴事，郁闷事，尴尬事，傻帽事，得意事，后悔事，肮脏事，糗事，烂事……世间本没有无事的人生，一件事可能毁了一个人生，也可能成就一个人生。潇洒做人，小心处事。

曾仕强教授说：一个人面前，永远有两条路，一条生路，一条死路。人生注定要在水深火热、水水火火中生活。人一生的努力，就是在证明自己到底有什么命。而所有人唯一的结果就是——死路一条。亦农说：所谓人生，就得时刻勇于直面残酷的现实。人们乐于生活下去，就是因为未来的不可知和对未来的希望。

梦想开始的地方，对大多数人来说是伤心之地，而只对少数人而言，那是值得骄傲的根源。没有棱角的人，很难在社会上站住脚。

就像没有棱角的筷子，很难放在桌上，它总是滚来滚去，找不到自己的位置。骗子不和骗子交往，因为双方一交手，就知道了对方的伎俩与底细，所以必然“你走你的阳关道，我走我的独木桥”，大家相安无事。

道理其实早就有了，也已经被无数人讲过无数遍了。而我们所知道的道理，只是因为被我们感触到了。还有很多很多道理，因为没被我们感触，而被我们认为不存在。所以，你认为不存在的，并不是真的没有。

动物的绝大多数经验是拿生命换来的，人类也一样。现在看似很平常的经验或知识，在很久以前，却是我们的祖先拿生命换取的。

许多人都以为自己很聪明，常常有许多比别人高明的看法或想法，殊不知你的所谓高明的看法或想法，仅仅限于看法和想法而已，一旦付诸实践，其结果并不会比人家做得更好，甚至比你看不起的那个人更差、更愚蠢。说别人笨蛋的人，自己往往是真正的笨蛋。

不得不承认，现实中的人，无论在单位或家中，时常处于一种麻木机械状态。按点上班，吃喝拉撒睡，仿佛人只是一个无关紧要的零件，从属于某个庞大的机器，没有自己的个性、思想和抉择。我们在盲目的被动中，被别人推搡向前。犹如在数十万人的集市，不得不挤压、碰撞，随众而行，自己也不知朝向何方。

人的一生总该留下些什么，留给这个世界，留给后来人。雁过留声，人过留名。在走过名山、识过名水之后，你会骄傲地说：我来过。而当年老时，我们能够不无骄傲地面对光阴、面对儿孙说："我来过"吗？从现在开始，马上行动。动手、动脚、动脑，去做有意义的、你最感兴趣的事。我们要生活，首先要挣钱糊口吧；其次，开始真正属于你的事业。人的一生很漫长，可以近百年，但也很短暂，转眼间已由无知少年，历经初恋、婚嫁生子，已近中年！不知不觉中华发早生，这只是短暂的一回眸！

从前，常听母亲说：艺多不压身，一艺在身，吃喝无忧。后来听一位同事说：三十岁前，拿钱学艺，三十岁后，拿艺卖钱。的确如此，如果身无一艺，想在社会上混饭吃都难，更别谈尊严了。古往今来，许多在某方面取得巨大成就的人，往往是偏执狂。放弃大部分，偏执一点，这或许是成功的一个重要条件。

是个脓包，早晚都会破裂。越粉饰，越掩盖，就越明显。我们常常缺乏挤爆脓包的勇气，结果只会推迟脓包的破裂，而不会消灭。这必将导致一个又一个悲剧的发生。奋斗就像长跑，只要一起步，就不要停下来。无论遇到困难险阻，还是累了倦了，可以放慢脚步，但不可以停下。因为停了，你就永远不可能到达目的地。长跑，是人生的一个缩影。同样只有一个起点，一个终点。一旦开始，就不可以停下来。停下来则意味着自暴自弃。除了享受整个过程，我们好像别无更佳选择。

每个时代有每个时代的机遇。每十年有每十年的机遇。每年有每年的机遇。每时每刻有每时每刻的机遇……不要叹息自己错过了赚钱的最好机遇。对绝大多数人而言，我们缺乏的不是机遇，而是善于发现机遇的头脑和一双眼睛。

错过了，就不要后悔。任何时候都可以是崭新的开始。机会时时处处都存在，只要善于发现，总能抓到属于自己的机会。过度后悔，除了锥心痛苦之外，还会蒙蔽双眼，再次错过机会。可以错一次，但不能一错再错。错一次人之常情，两次尚可原谅，三次是愚蠢，四次不可救药。当下投资很热，投资房产、黄金、收藏等，似乎很少人想到投资健康。健康投资是一，其他投资都是零。如果最前面的一没了，后面再多零有何用？每天一小时，坚持锻炼，其收益会远远大于我们的预期。

生活的艺术

仅仅知道该说什么还不行，还应该知道怎么说。同一个意思，出自不同人的口，不同的语气，不同的词句排列，往往收效并不同，甚至截然相反。话语的力量，不是靠张牙舞爪、歇斯底里吼出来的，而靠你说话的内容。古语就有“有理不在声高”，这使我们有必要掌握一门学科，即说话的艺术。

学会说话，对一个人的一生都非常重要。它可能与智商无关，但一定与情商关系密切。智商高的人，擅长搞科学研究、工程技术，但往往在生活中比较弱智。情商高的人，搞科研未必在行，但生活上总是人脉广泛，常能左右逢源、如鱼得水。

早起10分钟，一天从从容容；晚起10分钟，一天手忙脚乱。无论你相信与否，一个人所受到的心理暗示，从早晨一睁眼就开始了。只需每天比别人早起10分钟，就能够从从容容过一生。方法其实很简单，但是否做到长期坚持执行则很难。世界上没有完全相同的两片叶子，也没有完全相同的两种人生。我们所应该做的，是在有限的生存环境下，把自己的人生过得精彩，再精彩，更精彩一些……

在这个早晨，我们都应该满怀感激。因为昨晚，不知有多少人把鞋脱了，今晨已再没有机会穿上。能看到每天一轮新太阳，就是幸福。只有活着，你才能爱所有你爱的人，才能被所有爱你的人所爱，而不是阴阳两隔的痛苦思恋。为生命祝福，为爱祈祷！

果有仁，入土方可生根、发芽、成长；人有仁，入社会方可事业发展顺利、成功。所谓仁，原指果仁之心，用在人身上就成了仁心。现在的社会，人们越来越淡忘这个"仁"字。贪心不足，欲望泛滥……当一个社会流行：你狠我更狠时，必然会出现人人自危的局面。长此以往，人则不人，家则不家，政府则不政府，国家则不国家矣。

有朋友问：人和人的差距究竟有多大？亦农答：有人用一生建立了一个国家，有人活一辈子，还没有一间属于自己的房子。人生的理想和意义是什么？对于当代中国的绝大部分年轻人而言，就是为一套房子奋斗一生。这不仅是中国当代年轻人的悲剧，也是我们这个国家最大的悲剧！在这个世界上，有邪恶暴虐的事情发生，就一定会有英雄站出来伸张正义。相信邪不压正，否则人类的历史也不可能走到今天，恐怕早就自我毁灭了！

无耻之人，做无耻之事，说无耻之话。即便是其西装革履、冠冕堂皇，依然难掩其肮脏卑鄙的灵魂。当你看不懂这个世界时，要么你疯了，要么这个世界疯了。而实际上，许多人可能是被这个世界逼疯的！好事儿做着做着，就把自己逼到绝路上了。这是时下人们不愿做好事的根本原因。

人类历史虽然至少上下五千年，其间科技文化固然有极大发展，但人性基本未变，比如，爱情、友谊、思恋、怀念、贪婪、欲望、吃喝嫖赌……所谓，读史可以知今，古代发生的许多事情，在今天同样发生着，未来也仍将重复发生。无他，人性使然。

一年分四季，春夏秋冬，该拔节时拔节，该开花时开花，该结果时结果。错过季节，就黄了。人亦如此，该读书时读书，该恋爱时恋爱，该养娃时养娃。错过岁月，后悔晚矣。奉劝剩男剩女剩斗士们，莫再自我感觉良好，莫再自欺欺人，快快行动吧！

年轻时有钱，不能算有钱；年老时有钱，才算有钱。年轻时如果赚钱太容易，就不知道珍惜，铺张浪费，花钱大手大脚，一掷千金。到老年时，两手空空，流落街头者，也不是没有。

日子与日子并没有区别，区别的是在于人们的心。所以每逢节假日，快乐的不是日子，快乐的是人们的心。请把日子看作一张白纸吧，多用一些色彩去描绘出生活的靓丽，而不是用灰暗与阴霾描绘成生活悲剧！

远古有多远？远古人类如何生活、思想？没有文字记载，也没有口口相传。研究人类自身，如本能、直觉、梦境等，或许会有新发现。我对没有文字记载的那段更为漫长的人类史颇有兴趣。静坐，冥想，或能让我们走进远古时代。

如果认为爱情永远都是鲜花浪漫、甜言蜜语，那么，不要结婚；浪漫只是一时，而锅碗瓢勺、上牙下牙，才是爱情常相。如果你无法接受这些，那么，不要结婚；许多人离婚的原因，是常常把影视文学中被美化的爱情与现实混淆对比，结果只会失望甚至绝望。

天天厮守、如胶似漆，久了也会感到腻烦乏味。那些天天接吻的恋人，渐渐会流于形式，未必能品尝到爱情的真滋味。一生只吻过一次，或将终生难忘。什么东西一多，就滥了。接吻也是如此。外国的吻文化并不适合中国国情，不学也罢。

善与恶。相信善有善报，恶有恶报，不是不报，时候未到，时候到了一定要报。冥冥之中，佛的法眼在看着你。无论做什么事情，要对得起自己的良心，无愧于天地。

愿人们多些善心，少些恶念。任何时候莫嘲笑他人，更莫做一丝恶事。嘲笑他人、做恶事，都会有报应的，虽然有些报应来得很迟，但一定会降临。人生无他，唯求心安。佛心长存，幸福万年。

以前我很天真，认为只有心有所想才会口有所讲，所以满口仁义道德的人一定最守仁义道德。现在明白了什么叫口是心非：总是以道德约束训诫别人的人，自己常常就是最不道德的那一个。不要听他说什么，关键要看他做了什么。当一个人大肆宣讲他的新年计划博取掌声时，我们只需调查他去年的计划完成得如何，就能断定：他究竟是不是在夸夸其谈，哗众取宠！

天永远不会塌下来！无论发生什么事情，都不要绝望。因为，明天太阳还会照常升起。人，只要活下去，就会有看到光明的希望！生活中太多执迷不悟的人。因为太多执迷不悟，生活才更充满变数，才更精彩。水至清则无鱼，人太清醒了，会很痛苦。

人和人之间是没有什么道理可讲的，谁更强大谁就永远有理；国与国之间亦是没有什么道理可讲的，谁更强大谁就永远握有正义和真理。而所谓的正义和真理，只不过是由那些强者嘴里说出来的狗屁玩意儿罢了。

所有的一切都将成为历史，无论伟人与凡人，辉煌与谎言，正义与邪恶……所谓尘归尘，土归土。所以，活在当下的人，崇高的依然崇高，卑微的依然卑微，邪恶的依然邪恶！

喝口水，慢慢咽下，品味那如丝般滑过咽喉的感觉，体验温热的暖流过心入腹；走到窗前，静静注目窗外，白云悠悠，看一只青鸟表达对枝叶的爱慕；或者闭上双眼，慢慢捕捉时光从耳边、指尖悄悄溜过……放慢心的脚步，我们需要过一种慢生活，哪怕只是片刻，等一等我们的被落下的灵魂！

人控制情绪，情绪支配人。大多时候，人活在自己的情绪里。一个人幸福与否，不在环境，不在风景，而在心境。世界嘈杂，我心宁静。人间每天都会发生许多七七八八的过激事件。如果你陷入太深，情绪因之波动，时间久了自己会疯掉。一切都是过眼烟云，维持好自己平静的内心，过好自己的日子，才是人生正道。

别人把你当个人物时，千万不要把自己真的当个人物；别人不把你当人物时，一定要把自己当个人物。一言以蔽之：不自傲，也不自卑。每个人都应该拥有一把心灵的刷子，时常打扫自己的心灵，清除尘灰污垢。心灵应该经常保持洁净、明亮和阳光。心灵就像一扇窗，经常擦拭，就会窗明几净。只有心灵远离了嫉妒、猜疑、阴暗和邪恶，我们才能拥有健康快乐的人生。无知源于无知，粗鄙源于粗鄙，龌龊源于龌龊，恶劣源于恶劣……有些人是永远不值得和他（她）计较的。你不该把自己降到他（她）那样的层次。近朱者赤，近墨者黑。

有的人十八岁，已长大成人；有的人八十岁，也未必成人。年龄不是一个人的问题，问题是一个人的灵魂。当年，我们什么都没有，却拥有爱情；现在，我们什么都有，却没了爱情。得与失，就是这样嘲弄了很多人生。所有的鲜花都会枯萎，所有的青春都会消逝。唯有那份爱，愈来愈青春，愈来愈盛开，老而弥坚。

每人都有一个属于自己的心灵花园。不同的是，有人的花园一片荒芜，终年积雪，甚至毫无生命可言。有人的花园，亭台楼阁，小溪潺潺，百花争艳，四季如春。花园的枯荣成败，在于自己是否精心呵护，丝毫怪不得别人。我们并不缺少物质富翁，但精神乞丐遍地都是。当金钱成为社会一种流行的衡量工具时，精神荒漠的入侵就会势不可挡。莺歌燕舞锦衣玉食下面，却是遮掩不住的嶙峋与骷髅。这不仅仅是个人的悲剧，也是一个时代的不幸。

聪明的人类，再发展几十亿年也斗不过自然。大自然消灭人类的方法，最简单也最实用——一个是火，一个是水。二者取一，就可以让人类灭亡。

每个人都有秘密，都有见不得人的隐私。世上没有圣人，那些一本正经冠冕堂皇的家伙，心理往往更卑微猥琐。所以不要怕，挺起胸，阳光且平等地和这个世界任何人打交道。如果有人在你面前摆牛叉，就朝丫脸上啐一口唾液，骂一句：你不配！

宁可惹一条狗，也别惹泼妇。泼妇骂街，满嘴喷粪。我不会满嘴喷粪，因为我还是个有尊严的人。打人又非君子所为。故，面对扑面而来的泼妇，只有举手投降，落荒而逃。对于泼妇或蛮不讲理者，最有力的回击，是扭头就走。和这类人讲道理，无异于对牛弹琴，费力、费心、费神，且不会有丝毫收获。希望今生今世再不要遇到他（她）。你无法决定可能遇上谁，但你有权确定和什么样的人交往。

孩子和年轻人，喜欢看未来，对明天充满希望。一切都只是刚刚开始，充满了懵懂、激情和生命力。老年人喜欢回看过去，常常生活在回忆中。一个人爱回忆过去，基本说明他已经进入老年了。四十岁是有点尴尬的年纪，不年轻，也不能算老。憧憬明天，也回味过往。永远不要轻易说“没有希望了。”只要生命还在，只要太阳还能照常升起，希望就会永远存在。只不过这个希望的到来，时间上会有长有短，短的也许会是马上，长的也不过就是明天。所以，我们祝愿明天更美好，永远不要放弃希望。

响尾蛇是个英雄，至少在攻击别人的时候，它还算光明正大。某些人连响尾蛇都不如，总是当面微笑，背后捅刀，尽做些见不得阳光的勾当。宁可接近响尾蛇，也不要靠近蛇蝎不如的人。人，其实也是动物，所以人也具有许多动物的兽性。所以，千万不要一相情愿地认为，那些说得冠冕堂皇的名人、明星如何高尚，如何不食人间烟火。有时候，他们比动物还动物，只不过做得非常隐蔽罢了。走进澡堂的领导，脱光了衣服和普通人有何区别?

在医院住院部看到花瓶上贴着“坚强”两个字，是写在普通胶布上，又随意贴在花瓶上的。正对着门。患者或家属进来后稍作停留，就能看到这两个字，虽然不显眼，但如果看到他们，就不能不被震撼和鼓励。坚强的真正含意，恐怕也只有身在其中的人才能体味到。

人心静，则人坚强。无论发生何事，努力保持心静，则会使自己更坚强。愤怒，怨恨，无奈，哭天抢地……又能如何呢？该发生的必然会发生，或者已经发生了。不如静下心来，该怎么应对就怎么应对。天不会塌，生活还得继续。宇宙永恒，蝼蚁万千，一切皆如常。

人，原来就是一种动物。与其他动物的唯一区别，是人穿着衣服。穿衣服的目的，只是为了遮羞，撤掉那块遮羞布，人比动物还动物。所以，动物身上具备的兽性，人大都有过之而无不及。动物天性自私懒惰、弱肉强食。每个人若能做到修自己的身、养自己的性，不祸害同类，足矣。若想以己之力，带领人类奔向所谓自由平等、各取所需的理想国，恐怕是痴人说梦，永难实现。

视野与心胸。一个人视野有多大，就能看多远；一个人心胸有多宽，事业就有多开阔。视野取决于智慧、知识与能力；心胸取决于禀性。对于人多数人来讲，自信往往来自于其所拥有的财富或者权力。一旦财富尽失，或权力被剥夺，就立马由小公鸡变成了小瘪三。对于那些自信完全来自于自身能力的，我们当以敬重之心待之。因为他的今天，并不能代表他的明日。

四十岁说

四十不惑。曾仕强先生解释为，对自己的为人处世原则不疑惑了。我以为人到四十岁，内心才足够强大。真正可以做到，自己做的事情自己承担责任。年轻人对人生或他人、社会的疑惑与盲从，皆源于内心的不强大，不知不觉就成了人家的附庸。

如果一个人对人或事物充满局促、不安或惶恐，只能说明他（她）的内心还不够强大。一个内心强大的人，面对世界会很坦然、从容、冷静而客观。一个人内心有多强大，就会为家人撑起多大的天空。犹如有的人家住别墅，有的人家只能住窝棚。没有人愿意住窝棚，只是你的内心还不够强大。

七零后被人叫叔，八零后被人叫哥，九零后被人叫弟。每一次被人叫叔，总有莫名的悲哀，岁月催人老，突然很想念被人称作小弟的年代，它已一去不复返了。每个人都会老，我们很快就会成为别人眼中的古人。

走在北京街头，常常想，一百年前的这里，谁在匆匆步行？人生短暂，我们很快就会离开，这里依然熙熙攘攘、行人不断。没人知道你是谁，也没人在意你是谁。人和蚂蚁有啥区别？人会思索，蚂蚁会吗？子非鱼，焉知鱼之乐？你不是蚂蚁，焉知蚂蚁会不会思索？人类一思考，上帝就会发笑。的确如此吧，因为所有的思索，注定都没有结果。

许多时候，其实只要我们再坚持一下，胜利就在握了。遗憾的是，许多人也曾非常努力，也曾满怀希望，却在最后关键一秒钟主动放弃了。我以为，这正是“这个世界上真正成功的人总是少数，而大多数人都不得不选择失败和默默无闻”的原因之一。

坚持和固执是邻居，人们常常一不小心就走错了门。但有一条可以肯定，如果你不坚持，就不可能实现梦想。所以人生即便走错门，只要不付出过大代价，还是值得的。至少，你可以无愧于己而骄傲地说：“我来过，我做过。”

生活失败的人，总是缺乏宽容之心，对身边鸡毛蒜皮的小事也耿耿于怀。学会宽容地对待一切，不要因为你的不宽容伤害你最亲近的人，如爱人、儿女、父母。当然也不要因为你的不宽容，伤害你的同事、朋友。这样你会得不偿失。

语言暴力同样具有极强杀伤力。而它所能伤害的，往往是你最亲最近、最爱你的人。不要让你的父母兄弟、妻子儿女，深受你语言暴力的戕害。把自己语调降低些，态度委婉些，对你来说只是情绪的稍稍调控，你的亲人却由急风暴雨的酷夏乍然走进了和风细雨的暖春。你或许不能给亲人山珍海味与豪宅别墅，却可以给他永恒温暖的春天。

身体健康的人，不知道身体健康就是最大的幸福；身体健全的人，不知道身体健全就是最大的幸福；阖家安康的人，不知道阖家安康就是最大的幸福……人，总是失去之后才知道珍惜。有些东西一旦失去，就再难得到，就像昨天再也不会回来。

当追逐名利的人，因为得不到想要的名利而痛不欲生时，希望他们去火葬场或医院看看。离去的生命带不走任何名利，甚至亲人的痛苦。对于那些躺在医院病床上的人，拥有健全的身体就是人生最大的满足。至于名利，在他们眼中、心中变得微不足道、不足挂齿。如果你想洗涤自己被金钱或权力熏染的灵魂，就去医院瞧一瞧那些病患者的眼睛。那里只有对生的单纯的渴望，清澈得像一汪泉水。

一觉醒来，凌晨三点，辗转反侧，无法入睡。才发现：原来，一觉醒来就能看到初升的太阳照亮窗帘，也是一件很幸福的事儿。没有经历失眠的人，不懂得失眠者的痛苦。欲睡而不能，欲醒而不可，半梦半醒，半死不活。这样的遭遇偶尔一次尚可，长期若此，则生不如死。因为长期失眠，而自寻短见者，太多了。

当夜深人静的时候，有人在你身边提醒说："别太晚了，睡吧！"是一种幸福！能说这话的人，会是谁？父亲母亲，至爱伴侣，他们都是无私爱着你的人。至于偷欢的情人，绝不会有这样的语态如此平静地说出来。所谓爱，就是无私地付出；所谓幸福，就是接受无私付出的爱时那种感觉，你知道他（她）爱你，你可以完全放松，毫不设防，因为他不会给你带来任何威胁，也没想着要从你这里拿走任何东西。但在很多时候，你并不会觉察这种爱的存在。真正的爱与幸福，常常会被我们忽视。直到失去那一刻，你才会懊悔不已，痛不欲生。

相比而言，人的物质生活比较容易满足，精神生活则欲壑难填。物质生活不满足的人，一旦物质条件稍有改观就会快乐；而精神生活不满足的人，一旦精神条件稍有改观，便有愈强烈的渴望。所以，因物质不满，极少有人跳楼；因精神不满，跳楼者众矣。

愈是敏感、愈是情商高者，精神生活愈丰富，经历的精神创伤愈多愈深。苏东坡贬黄州时，侍妾朝云为他生一子。东坡感慨世道艰辛，遂作《洗儿诗》：“人皆养子望聪明，我为聪明误一生。唯愿孩儿愚且鲁，无灾无病到公卿。”苏东坡希望孩子愚鲁笨拙，一生平平安安，就满足了。愚鲁笨拙，则精神麻木迟钝，填饱肚子便觉幸福，何来的精神痛苦？

真相总是掩盖在重重假相之下。因为不仅有很多外人想掩盖真相，甚至包括当事人自己，也有意或者无意地要掩盖真相。而那广为人知的所谓真相，只不过是被刻意编撰之后的伪真相罢了。

已过去的昨天，在一千个人眼里会有一千个版本。因此说，“历史迷雾”是个很暧昧的词儿。我们今天所看到的历史，尽管有人极力想还原它的本真，但它仍然只是胜利者的传记。有些过去，你永远不可能再看到真相。

人，大约可以分为两类，一类是乐观主义的，一类是悲观主义的。在社会经济发展上升阶段，乐观主义的人会生活得很顺利，比如，提前投资购房，房价一直在升，他就好像是赚了；而在社会经济处在下降通道时，悲观主义的人会生活得轻松一些。比如，谨慎购房者，房价自由落体后，他就能从容抄底而不需做房奴。

对于人生而言，越早投资，未来的收益可能会越大。因为大概而讲，我们将一直处在通胀中，钱越来越不值钱。过去一角钱能买到的东西，现在需要花上一元甚至十元。

陪女儿去超市，本来准备给她买一副五子棋，无意中看到围棋，便毫不犹豫地买了。不是我忒好围棋，而是忽然想到读大学时，男生宿舍的公用桌上，永远有一副围棋，兴致来时随时可以和好友杀一盘……一个人开始回忆过去，是否说明他（她）已经老了？

预知北京降温，早早地穿了线衣线裤、毛衣毛裤，出门还戴了帽子、口罩。结果，还是感冒了。有时候就这样，你不找事儿，事儿却来找你了。四十岁的人，应该还算中年里的青年，但岁月依然不肯饶人！竟有离老朽不远矣的感慨。四十岁以后的男人，才知道真正关心自己的胡子。关心自己的胡子，预示着他开始学会关照自我和灵魂……

少年时站在山顶瞭望大地，总能依稀看到哪是女人的胳膊大腿，哪是女人的乳房……觉得大地实在就是女人的化身，却极少想到“大地母亲”。其实，那都是文人的杜撰与臆想罢了！

我很羡慕那些三四十岁依然对动画片兴趣十足的家伙，这至少说明他们童心未泯。我也想陪女儿看动画片，但试过几次，都以失败告终。许多动画片情节、画面真的很不错，可是我仍然看不进去，不能不说是个不小的遗憾！

习惯大都是从小养成的。比如，从小吃面食的人，长大了也爱吃面，一天不吃就仿佛缺了什么。从小吃米的人，长大了也爱吃米，你让他吃面，他会觉得那不叫吃饭，吃不饱！所以，我们要从小养成好习惯，去掉坏习惯，我们要习惯于做个好人，由此，一生会减少许多灾难。

面对黑夜，我们应该努力使自己放出光明。与人交往，要有君子的态度，但也必得有对付小人的心理准备。此所谓：害人之心不可有，防人之心不可无。

世界只有一个，但每个人眼中的世界却各有不同。一个人的年龄、阅历、知识、经验、地位、阶层、心态等，决定了他（她）眼中的世界是什么样。努力学习，提升自己，改变心态，你会发现一个与昨天不同的世界。

我们总后悔自己错过了机会。其实，相对于无始无终的时间，机会永远都存在，无论何时开始都不晚。机会永远都在你的面前，关键在于你是否发现并抓住了它。

虽然，前面的路是黑的。但许多后来发生的事情，之前都早有预兆。可惜我们普通人大多不能及时发现，并加以警觉。有时候意外就是将来所发生事情的预兆！生活中多一分细心与小心，后面的路也许会走得更顺利一些！

我曾经很相信：好人会有好报。但五十多岁的大好人——我的岳母患癌症去世后，我就开始怀疑这句话了。天真的人常常相信上帝、老天爷，公道自在天，而现实总是和他们开残酷的玩笑。

永远不要和你的老板去讨论“公平”话题。“公平”对于人类来说，永远只是一个美丽的传说。而与老板讲“公平”，无异于与虎谋皮。

在这个世界，公平永远只是相对的，不公平才是绝对的。但当这话从一位我向来敬重的领导口中说出时，我义无反顾地选择了离开。因为，既然他说出来了，就证明他知道在他的领导下存在着不公平，而他也并不试图去改变这种不公平！这正是我不能容忍的。

公平永远只是相对的，不公平才是绝对的。这句话百姓或员工可以说，但官员和领导则不可以。因为在百姓和员工心目中，没有不希望父母官或领导能主持公平与正义的。如果父母官与领导也认可这句话，那么结果不是父母官或领导被干掉，就是百姓、员工被臣服或无奈放弃。

自从有人类以来，人们就在孜孜不倦地追求公平，但公平总是比黄金还稀缺。强者从来都是靠掠夺弱者的钱财使自己更强大，就像吸血鬼靠吸食人血让自己生存和强大。所谓公平，只不过是人们心中一个永远无法实现的美梦。更多时候，公平是统治者给被统治者画的一个外焦里嫩的饼，只可远观，永远不可以近吃。

人们总是呼唤公平，可是当涉及切身利益时，又总是希望利益的天平向自己倾斜。所以，人类永远无法实现真正的公平，无论过去、现在，还是未来。这就是自私的代价。

大部分人的一生，都只不过是为别人打工、混口饭吃，苟且偷生而已。身居其间者，则醺醺不知所以然了。可悲的并不是奴隶，而是身为奴隶还不知道自己就是奴隶的人们。

学会与孩子相处

早上送女儿上学。“爸爸，我做了一个可怕的梦。”“什么梦？”“我梦见你们把点点送人了。”点点是女儿喜欢的小狗。虽然在孩子眼里的可怕事件，在成人看来微不足道，但成年人的确应该学会——以孩子的视角看待事物，莫让自己成为“可怕事件”的“凶手”。

坦桑尼亚作家夏巴尼在他那篇著名美文《童年》中写道：孩子的忧患对成人可以说是微不足道，但对孩子本身却是了不起的大事呀！当孩子心事重重独坐的时候，当孩子抹着眼泪鼻涕向您哭诉的时候，爸爸妈妈们，请一定要放下手中的活儿，来关怀问候他们，耐心地倾听他们的声音。

切记不要对孩子的沉默寡言置之不理，更不要粗暴地打断他们的倾诉。也许，对你而言，那是多么可笑，多么不足挂齿，对于他们却是至关重要的。他们会寝食不安，坐卧不宁，甚至做噩梦，在脑海中留下深深的烙印。那颗小小的心灵，会受到你无法想象的煎熬。脆弱稚嫩的不仅是孩子的身体，还有他们的心。

女儿老师布置的假期作业之一，就是写一篇题为《做家务》的作文。女儿在书桌前坐了半天，一个字也没写出来，叹气道：“我没做过家务，这讨厌的作文到底该怎么写啊？”我想了想说：“你就写自己动手铺床吧。”我把她的床单、被子统统拿开，再由她自己重新铺好。很快，女儿的《做家务》作文就顺利完成。

女儿周三要参加学校组织的秋游，她一放学就很高兴地告诉我：“爸爸，我们后天去采摘，我一定努力多从地下挖些梨带回来，让你和妈妈分享我的战果！”我立即回应：“好啊，最好带把小铲子，多从地下挖点儿梨！爸爸最爱吃梨了。”孩子有些错误是不需要当面揭穿的，因为事实胜于雄辩。

陪女儿吃早点。伊边吃边顾左右，若有所思。我立即指正：“吃饭要专心致志，不要左顾右盼。上课学习也要专心致志听讲，不能左顾右盼。”女儿感叹：“哎，你们大人真能联系，一句话又落到学习上了。”家长和孩子所关心的，常常不能和谐统一，是为当前教育大问题。

9岁的女儿问：“什么叫成长的烦恼？”我答：“就像你换牙，新牙要长出来，乳牙要换掉。但乳牙并不会立即掉下来，而是先晃动，再晃动，似掉非掉，影响你吃饭的情绪，甚至担心半夜熟睡它会掉进喉咙！但想拔，又怕疼！只能让它留在那里，慢慢地自己该掉的时候掉下来。”

养女儿的好处之一，就是她能帮你很快找到你想找的东西。比如，我找了半天，也没找到剪指甲刀，便说：“姑娘，帮爸爸找一找剪指甲刀。”不出两分钟，我就听到清脆悦耳的声音：“爸爸，给你，剪指甲刀！”童年时，她是你的小尾巴，即便在家里，你走到哪里她就跟到哪里；少年时，她是你的叛逆者，你为之操心费神而心甘情愿；青年时到了恋爱季，你比她还着急上火；有了孙子，你比当年生儿女还幸福百倍……等你老年的时候，她也年岁不小了，她就成了你的拐杖，你走到哪里她就跟到哪里。

9岁的女儿在吃饭时，说她现在最想做的事是——飞。我想：等她长到我如今这个年纪——38岁时，还有一颗“想飞”的童心，我这个当老爸的将会感到万分的幸福和无比的欣慰。女儿很乖巧，伊会不会是在和老爸演戏？让我看不到她心里真正在想什么！如此一想，不由吓出一身冷汗：顽皮的孩子很容易了解她，乖巧的孩子能真正了解她吗？……关注孩子，得用“心”做起！

一个小孩搬石头，父亲在旁边鼓励：孩子，只要你全力以赴，一定搬得起来！最终孩子未能搬起石头，他告诉父亲：我已经拼全力了！父亲答：你没有拼尽全力，因为我在你旁边，你都没请求我的帮助！这则故事我转述给女儿，并告诉她：全力以赴就是想尽所有办法，用尽所有可用资源。无论做任何事情，当你准备放弃的时候，一定要问自己，你请求你的爸爸妈妈帮助了吗？

五星上将、美国总统艾森豪威尔年轻时，有一回和家人玩牌，连续几次都拿到很糟糕的牌，情绪很差，态度也恶劣起来。母亲见状，说了一段令他刻骨铭心的话：“你必须用你手中的牌玩下去，这就好比人生，发牌的是上帝，不管是怎样的牌，你都必须拿着，你要做的就是尽你全力，求得最好的结果。”人生许多时候，我们别无选择，只要能尽己所能，让事情变得不至于更坏，足矣。

刚一见冷，许多狗主人便给自己的宝贝穿上了御寒的外衣，不知这些宠物狗若放回自然，还能不能自己坚持活下去？又想：现在那些在温室里长大的孩子，将来能否适应这个复杂多变的社会？过分的溺爱，也可能成为最大的伤害。顺其自然吧，不经历寒冬，怎能体味到春天的美？

永远不要走近黄、赌、毒。越是阴暗的角落，欺诈与陷阱就越泛滥。而且你上了大当，还不敢去报警，只能哑巴吃黄连，自己往肚子里咽。小则失财，大则伤身，家破人亡也不是没有现实版案例。远离黄、赌、毒，平安幸福一生。

上午，女儿拿学校发的体温登记表给我。她已把今天、明天、后天的日期写好，我则直接把近三天的体温（36、36.1、36）填上。女儿旁白：“反正我也不烧，一切正常，省得天天填写太麻烦。”忽然想到：我们是不是一直在有意无意地培养孩子撒谎？

周三女儿要去秋游。早上七点喊她起床，女儿睁开眼便道：“爸爸，我正做梦秋游，刚下车你就把我喊醒了！”周二下午放学，女儿一脸不高兴，原来学校取消了次日的秋游。周三早上准时喊女儿上学，伊一睁眼便道：“又梦到秋游，这次总算把梦做完整了。”孩子们对获取快乐的要求并不高，大人们应尽量去满足。

晚十时，已关灯上床。忽担心女儿被褥单薄受冷，复起床取小被去加盖在她的被褥上，吻其额道“晚安”。回到床上关灯睡下。少顷，女儿涕泣而来，我大惊：“姑娘，为什么哭了？”女儿扑入怀中，仍泣不止。再三问何故，方答：“你们真好！”——9岁的女儿，知道感谢父母恩了！

在书房上网，一扭头，看到客厅里坐在沙发上看动画片的女儿。一时恍然若梦。假如回到15年前，我是一个二十三四岁小青年，发现客厅有一个八九岁的小女孩，知道那将是我的女儿，不知会作何感想？人生，原本就是一场梦，昨天已经过去，再不会回来！那么，就请珍惜现在的分分秒秒，珍惜您所拥有的一切吧。

女儿9岁，回来讲：“班里一位男同学，胖子，能把一毛硬币吞进咽喉，伸手能摸到咽喉的突起硬块，然后再吐出来。”我大呼：“太危险了。”女儿说：“我当时心想，又一个生命快over了！”提醒家长：多关注孩子，危险随时能夺去他们的性命！

一位小学班主任给家长赠言：蹲下来和孩子说话；培养读书习惯从我做起；为者长成，行者长至；千里之行，始于足下；扫帚不到，灰尘不掉；欲得其中，必求其上，欲得其上，必求上上；要想孩子心灵手巧，就让其自己事情自己做；小节决定很多事情，包括大事！

教9岁女儿写作文：第一，让她把要写的事说出来，要说得通顺清楚；第二，让她在草稿纸上写出来，注意运用好词好句；第三，让她在电脑上打出来，我在旁边看边帮她字斟句酌；第四，让她把打印好的作文工整抄下来。女儿作文基本都得优，伊已决心将来当女作家。孩子做事，先帮她树立信心最为重要。

与女儿下五子棋，三局两胜，我赢一局。女儿问："你是不是在让着我？"我检讨："不是老爸让你，是老爸太马虎。"再牛气的人，做事情不认真都会失败。如很牛气的关羽，一大意就丢了荆州。遇事千万别马虎，马虎容易失足，一失足就成千古恨。

一位老工程师夫妻二人住四居室，为何不与儿女同住？答："儿女一结婚就让他们出去了。夫妻儿女都是自家人，尚时有磕绊，儿媳女婿外姓人，一旦有矛盾就会伤感情。故，不如一开始就分开，避免生矛盾，且时常来往，倍感亲情！"说得冷静有理，可借鉴。

"这辈子你唯一拿她没辙的女人是你的女儿，活该你就是欠她的，看到一切好玩的好看的好吃的你都想买给她，她一哭你的心都碎了，她对你笑你的心能化成蜜，她吃点亏你整个世界都塌了，整个世界都欠你的，即使你八十岁，只要知道她受了欺负，你仍会拿起拐杖，为她跟这个世界拼尽老命。"这段话被广为传说，而我每读一次，都会被自己感动一次。只有做女儿的父亲，才能真正懂得这段话有多美。

孩子的教育，实在是一门高超的艺术。顺、疏、通、畅，稍有逆许，你的功夫就会白费。所以说，兴趣是最好的老师。一个健康积极的社会，离不开善意的教化。所谓教化，就是教育和感化。如今的时代，似乎已经完全忽略了还有“教化”二字，我们除了货币化、商品化、市场化之外，就是睁着眼睛说瞎话。如果每天一睁眼，庆幸自己还能看到鲜红的太阳，呼吸到清新的空气，感谢自己还能够活着，也许心态会变得不同。如今，太多的人心中怨恨太多了，无论对人类还是对社会。这也恰恰说明当前我们太缺少教化和共同理想。

人们总是为自己的胡思乱想，而烦恼不已。哈佛大学心理学家吉伯特和柯林沃斯发现，人“活在当下”时最快乐。他们表示，人们46.9%时间都在胡思乱想，而这段时间最不快乐。就算想的是愉快的事，还是不及专注于手边工作时愉快。研究发现：人们最享受、最满足的时刻，就是专注在一件事情上的时刻。专注于眼前的工作，会使自己更快乐。所以，当你看到孩子专注地玩玩具时，请不要让他不快乐。

我们都会变老的

与老人相处，要慢、缓，不要急。让他们气喘匀了，心神定了，再往前走。不要总以“为老人好”为借口，强迫老人做他们不愿做或不喜欢做的事情。无论何时何地何事何因，“顺”着老人，就是孝了。与老人相处，要时时处处站在老人的角度来思考决断。他们的腿脚已不再年轻，心脏已不能承受太重，牙或许已掉了……许多老人因为不愿给子女添麻烦，而隐忍自己的种种不便。我们应该经常停下来想一想，自己还有什么地方没有考虑周到。

小时候，我家住在村子最北边。每天放晚自习课回家，穿过漫漫的伸手不见五指的黑暗，看到家里窗户上的灯光，我远远地喊：“妈妈！”妈妈总是立即答应。当我听到妈妈那一声“哎”，所有的黑暗中的紧张与害怕就全都烟消云散了。现在，当我在生活中遭遇艰难困苦时，我还会在心里喊一声“妈妈”。

记得从前在小城和父母同住时，下班回家，他们时常会端一杯温热的水来让我喝，当时很不经意。日前感冒，医生提醒说：人一天至少要喝七杯水。父母文化不高，也不太懂科学道理。原来，出于本能之爱，竟然远胜过一切，包括科学。

一位年迈的老母亲，被亲生儿子背着要抛弃到山里，一路上母亲折下树枝丢在路上。她儿子十分奇怪，问她为什么要这样做。母亲回答说：“为了让你回家能认识路。”世界上最柔韧的，莫过于一颗母亲的心。承受了多少儿女无意中的伤害。即便如此，在母亲眼里，那也是一个个美丽的伤痕。如果有上帝，不知道这世界上有多少儿女会跪下来——忏悔！

要过中秋节了，朋友可以互发短信祝福问候。爸爸妈妈不怎么会用手机，更别说发短信看短信。至少该打个电话问候一下。你打了吗？我们在孤独时，会想我们的孩子。我们的父母在孤独时，也会想他们的孩子。我们不能再失去机会了，现在就立即行动。至少，给远隔千里的父母打个电话，问一问冷暖。至少，在节假日的时候，携带着妻子、儿女回到二老身边，与他们小聚。祝天下父母健康长寿，长寿健康！

社区里一对老夫妻在晒太阳，远远走来一对年轻夫妻，带着可爱孩子。一个喊："爸！"一个喊："妈！"一个喊："爷爷、奶奶！"两位老人喜笑颜开，仿佛突然年轻了几岁，又好似整个世界都已是天高云淡。节假日，年迈父母最高兴的事，莫过于看到儿女们全家回来探望。遗憾的是，总有许多年轻人偏爱做"驴友"。我们不知道，自己正在把自己的快乐，建立在年老父母的痛苦之上！

六零后已显老态，七零后步入中年，八零后都三十好几了，九零后渐成舞台的焦点，零零后尚在读书，壹零后躺在妈妈怀里嗷嗷待哺……在王府井，看到两个老男人，一位五六十岁，一位七八十岁。两人步行，相携相挽，且十指相扣，很是亲近。我问那年轻的老人，他很骄傲地回答："这是我父亲，快九十岁了。"望着他们的背影，突然心生羡慕：等我五六十岁时，也能和父亲这样散步，感觉一定很好。

俗话说：好吃不如饺子。饺子又叫扁食，北方人爱吃。饺子还有团圆的意思，所以北方人逢年过节，最爱吃饺子。一家人团团圆圆包饺子，热闹又喜庆。如果你爱人突然说："今儿中午咱吃饺子吧。”其实他（她）潜意识是说：“我想我的爸爸妈妈了！”明天，陪他（她）一起带孩子回家看看，准没错儿!

一位诗人朋友说：且莫想，等将来有钱有时间了，再去孝敬你的父母，就从现在开始吧，多抽些时间陪一陪他们，与他们说说话，谈一谈你的生活，甚至是烦恼。能听到你的声音，看到你的身影，就是他们的最大快乐。

女儿微恙，不思饮食。我劝：人是铁饭是钢，一顿不吃饿得慌。忽然想到，这话当年在我生病时母亲也不知多少次说过。将来，女儿可能也会这样说给她的孩子……人类许多普通平常的语言，就这样一代代传下去的原因，只是因为这些话的背后都有一个“爱”字。

家是治疗心灵创伤的免费医院，亲人的爱是最灵验的治疗心灵创伤的良药。现在许多年轻人，宁愿在外流浪，宁愿自己舔自己的伤口，也不愿回家。表面上看是青春的不羁和浪漫，实则是他们还不了解什么是家。

全家出游，去看修葺一新的北京前门。女儿看到肯德基就不走了，只得奉陪。邻座一对老夫妇，爷爷78，奶奶69，孙子9岁。奶奶说，他孙子刚在家吃过饭，看到肯德基又说饿了。一个汉堡12元，够买一斤肉，能做多少肉饼啊？老年人还活在数十年前的岁月里，小孙子已经茁壮成长，岁月不等人啊。

两天前，我想快到中秋节了，该给远方的父母打个问候电话；

一天前，我想快到中秋节了，该给远方的父母打个电话；今天，我想已经到中秋节了，该给远方的父母打个电话。直到现在，已经是晚上十一点二十了，我还没有给父母打一个问候电话。明天再打吧，明天我会不会打呢？不知道是我人懒还是人性懒？

打算回老家，小狗寄养在邻居大妈家。准备付大妈些看护费，老人家拒绝道：给我钱咱们就外道了。你叫我声大妈，我就非常高兴了。咱们邻里街坊，这点忙应该帮。忽然意识到：大多老年人，并不缺钱或缺吃喝，而是缺少亲情和邻里情。哪怕一句话，也能温暖那颗老年的心。

王朔《致女儿书》："我跟我女儿说，我将来不要你养。说实在的，你给我的快乐早就超出我养你花的这点钱了。你就按你自己的兴趣生活。我说我养得起你。我再损，我临死能给你留一笔钱，让你一辈子只干你愿意干的事儿。什么我都包容你，你在我这没有错误，你就是一孩子。"

亦农《致女儿书》："女儿，永远都要记着。无论你发生什么事，无论你做错了什么，哪怕天塌地陷，哪怕整个世界都拒绝了你，至少还有爸爸妈妈在敞开家门，欢迎你归来。"

写作那些事儿

写作这回事

小说就是叙写矛盾与冲突的艺术，它无时无刻不写，从始至终都写。小处有小处的矛盾与冲突，大处有大处的矛盾与冲突。对话都是在矛盾与冲突中进行的，无矛盾冲突则无须具体写对话，用描述三言两语概括过去。当所有矛盾与冲突都解决时，也就到了小说结束的时候。

坏人在小说中的作用：制造矛盾，激化矛盾，推动情节一步步往前发展；好人在小说中的作用：常常是面对矛盾，化解矛盾，推动故事一步步走向结局。好人也可能因为误解而产生矛盾……小说就是产生矛盾、化解矛盾的过程。从矛盾中刻画人物，升华人物，塑造人物。从复杂矛盾中描写人性。

小说就是作家如何设置矛盾与冲突，并如何解决矛盾与冲突的过程。“设置”与“解决”，方显作家的能力和水平，也是区分小说家高低优劣的关键。没有矛盾与冲突的小说，不是小说，只能算散文或随笔。

准备再看一边斯蒂芬·金所著的《写作这回事》，每看一页都心潮澎湃。这本书对有一定写作经历的人，尤其是有惊悚悬疑写作经历的朋友而言，会大有裨益。或许，今后我会把《写作这回事》这本书长期带在身边。它是结结实实的写作经验谈，而非高高在上的空洞理论。国内有许多空洞乏味的理论书。我以为：没有写作实践经验的理论家，是写不出高水准文学理论书的。

有思想有内容的文章，大都用朴实无华的语言写成。越是空洞无物的文章，越爱用华丽和貌似高深、冷僻难懂的语言来堆砌。许多作家，包括某些成名的作家，都承认自己曾经受误导，在华丽辞藻、形式艺术上，花费太多心血。最后还是重新回归到平实的叙述中。

有记者问俺“亦农”的来历。其实并没有大家想得那么深不可测。所谓亦农，就是“一个农民”的意思。同样不分白天黑夜辛勤劳作，同样干得多挣得少。不同的是，农民在土地上耕种，我在方格纸上码字。农民生产谷物粮食，我生产精神食粮。

作家是什么？作家无权无钱，作家所能做的，就是用良知鞭策时治，用良心温暖民众。用笔真实反映自己生活的时代，为最底层的人鼓与呼。作家最应该具备一颗敏感的良心，拥有最真诚的良知。如果作家连这些最基本的都没有，就不配称作家，所写出的一切都是垃圾！作家用文字取暖，不仅温暖自己，也应该温暖那些阅读其作品的读者。

作家售卖文字、故事和思想。文字表述故事，故事表述思想。

所以，作家归根到底售卖的是思想。思想应给人以启迪和温暖，就像魔幻之手，拨动读者灵魂深处最敏感的神经。没有深邃蚀骨的思想，纵是好文字、好故事，只会昙花一现，难给读者留下深刻的印象并流传开去。

写作，是一个无中生有的过程，也是解决一个又一个困难和困惑的过程。一天一尺一寸坚持推进，必将有大惊喜、大收获。写作卡壳时，出去走一走。和小区的大爷大妈聊聊天，和菜市场小贩谈谈地，和放学的孩子交流校园生活，或者就蹲在地上看蚂蚁搬家……再坐到电脑前时，枯竭的思路，或许就会豁然畅通了。

顿悟，需要时间，前提还必须全身心投入。我专职写长篇小说，直到三四年后，才有所顿悟。理论，前人早就总结出来，但仅是理论而已。能融入到自己血液里的，是那种顿悟，是你自己经过长久摸索后的体悟。它会成为你的本能，让你运用自如，写作水平突飞猛进，甚至傲视群雄。

你不得不承认，这个世界上的确有些人有写作天分。能看到别人的写作天分，至少说明在写作上你也有一点点进步了。可悲的是那些自认为很有写作天分，而从来看不到别人有写作天分的人。

没有人提笔，就能达到字字珠玉。写作时不必考虑太多，只管信笔写来。至于修辞、美语、语法、情节通顺与否，都可在以后修改时再考虑。一部30字的长篇小说，修订后字数可能只有二十四五万字。那删去的皆是多字余句，累赘之物。好作品是改出来的，不是写出来的。

写作对我来说，就像呼吸。如果哪一天我不写了，可能就是我停止呼吸了。写作对写作者来说，大约是最幸福自然的事。人生苦短，做你最愿意做的事，不必太计较能给你带来多大财富，能维持基本的衣食住行就OK。

文学可以分两类，一种是适宜放在客厅里任人阅读，老少皆宜，全家人一起阅读而不会感到尴尬的文学；一种是适宜放在卧室，只能独自阅读与消遣的文学。它涉及一个人的好恶与隐私，就像某个人在偷窥，所以也可以叫偷窥文学。

人人都有隐私，人性中又普遍有分享的欲望。所以，某些文学可以充当这一角色，而又不至于使自己暴露。

作家，是指那些熟练掌握文字这种表达工具的人。作家其实就是写自己的所思所想，尤其是那些震撼了自己灵魂的东西。但所思所想、震撼灵魂的内容，因为作家个人对人生、生活的感触有深有浅，悟性的千差成别，才有了文学大师与普通文字匠的差异。

文学大师，一个时代若有三两个，就是那个时代的福分；而大部分文字工作者，注定只是文字匠罢了。不要对自己有太高奢求，写作只是你的一个爱好，或者说谋生手段而已。

文学最本质的东西就是反映人性。有朋友说，文学题材中爱情与爱国是永恒话题。固然，但爱情与爱国也不过是人性的最佳表现内容罢了。文学最永恒，永不会时过境迁、时移势移的，就是人性。可惜我们常常一叶障目，为了金钱和一时虚名，而忽视最根本的人性挖掘和表达。

应景文学会很快成为垃圾，被人们遗弃。文学的价值，归根到底以反映人性的深浅广薄来衡量。古往今来最优秀的文学，都是最能深刻反映人性的作品。作家的责任，就是把自己所生活时代的人性，在那个时代特有背景下最深刻地表达出来，嬉笑怒骂，颂扬或鞭挞，只是形式不同而已。

作家因为性格、喜好千差万别，而文风迥异。习作者当在广泛涉猎的基础上，根据自己的性格偏好，选择学习对象，古今各一两位即可。深入研究，先描摹后创新。也算为文之捷径！

所谓创作：创，意味着创造、创新，富有创意；作，即述而作之。创作，应该是有创造、创新、创意的写作，而不是机械重复、雷同、人人同面的写作。作家当以发明家的标准严格要求自己，不写无创意、无创新、毫无创造力的平庸之作。中国作家们喜欢在故纸堆里翻捡写作素材，喜欢描写过去。你写的东西，都是大家知道的，没有创造发明，除了说明你文字功底还算及格之外，只能证实你缺少想象与创意。

创作，是件最随性的差事。当你想写能写的时候，就尽量去写。把想写的东西不管三七二十一统统倒出来。有了原始稿，你才可以慢慢精加工。不要等到不想写时，却强迫自己提笔。不但人很痛苦，写出的东西像羊拉出的大便，枯燥乏味、毫无灵性，让人生厌。

《文艺报》的记者问：如何理解生活与文学的关系？我答：生活就像一粒种子，文学则是一枚果实，或一棵参天大树。没有生活做种子，就不会有果实，更不可能有参天大树。

文学的存在，源于人类情感的需求。小说、诗歌或散文，都是对人类情绪的观照。用现代话讲，因为有需求，所以有市场。文学的市场，只会是大或小、强或弱，但不会绝迹，因为有人类。

如果你向人请教，如何才能写好作文？几乎所有的人都会回答：多读与多写。岂止是如何写好作文，就是如何写好小说、如何成为一个作家，多读与多写也是首当其冲的重要的黄金法则。这是一个笨办法，也是最实用的捷径。

有人问："言为心声"怎么理解？答：我说的是写作技巧，你讲的是写作意义。我以为，小说创作的三要素是：故事情节，人物形象和语言。如果一定要我给这三要素依重要性排序，第一，是一波三折的故事情节；第二，生动鲜明的人物形象；第三是语言。当然三者共生，相互增彩。真正的好作品，三者缺一不可。

枕边有书

离书店近的好处，就是你随时可以去书店；离书店近的坏处，就是你随时可以去书店。缺少距离，虽然能使我们轻易得到，但总是缺少思考的时间。

我不主张一味读书。只读书就没有时间思索了。要给自己留足够发呆思索的时间。当你思索无解、累了，或者想休息时，再捧起一本书。许多时候，读书其实是让别人的思想充盈自己的大脑。一半时间读书，一半时间思索，收获或许会更多。

人生不读书，是一个悲剧；人生读死书，不如不读书。读书就是要明白世情道理。读书好比游泳，初始在浅滩，待本领技能大长时，才能扑进大海，乘长风破万里浪，自由游弋，那种壮美与陶醉，是站在岸上的人永远无法体味的。读一本砖头厚的书，若能有一段话，或者一句话，能让自己受益，就当足矣。

枕边书，顾名思义就是放在枕边的书。站着不如坐着，坐着不如躺着。躺着应该是人最放松的时候。尤其到了晚上，半躺半卧于床上，做什么最惬意呢？对于爱读书的人而言，当然就是看书。这时候，一伸手就能拿到的那一本，就是你的枕边书。在这个浮躁年代，我们需要一本能使自己安静并享受生命的枕边书。

少年人读书，满眼都是功名利禄；老年人读书，页页只是过眼烟云。一个饥渴，一个淡泊，这大约就是一个人开始和结束时候的最大不同吧。欢乐时，好读书，读小说、散文、诗歌。悲伤时，好读佛，天眼、佛语、禅机。

气质和修养是无法用梳妆打扮来掩饰的，但适时的装扮可以更加美好地展示气质和修养。如果你想提高自己的气质和修养，那么就请多读些好书吧——致80后和90后。

一首禅诗：庐山烟雨浙江潮，未到千般恨不消。到得还来无别事，庐山烟雨浙江潮。翻来覆去读，直读得耳聪目明，胸襟开阔了才肯作罢。人生义理，不言不明，不言自明。

没有灵魂的书就是垃圾。要像人一样，一部书稿也要有灵魂，要有作者深刻的思想和理念。没有灵魂的人肯定是死人，没有灵魂的书稿就成了垃圾。有些书我没看完就扔掉了，因为它只是垃圾，没必要为它浪费宝贵的时间。

在一个家庭，需要写信时，却找不到一支笔一张纸；需要读书时，却找不到一本书（下三流的小报、杂志除外）。那么，这个家庭的存在，不能不说是一种可怜的悲剧。如果人生可以无限延展，那么满世界跑的都是“人精”。事实是每个人的人生都难过百年，用来学习的时间非常有限。我们不可能事事都去靠亲历体验总结，所以，读书是提高自己获取成功经验的最有效途径。热爱读书，可以使你变成智者，看透人性和历史。

在书市买了本《金庸散文集》。要了解一个作家，还是看他的散文集比较好。写诗，是他激情时的样子。写小说，他把自己深深地藏在故事后面。唯有散文，随性而写，随感而发，且常有关于自己的鸡毛蒜皮的小事记录在案。人，只有在最松散时，才能看清楚他的真面目。

去书店买了英国毛姆著《作家笔记》和印度泰戈尔著《泰戈尔谈文学》。我依然没有耐心看别人动辄几十万字的长篇小说。更喜欢看作家的创作随笔。并不是要俯首帖耳听他们谆谆教导，而是希望从他们的只言片语中受到启发、获取灵感，为我的写作推波助澜，开辟新天地。

纵使山珍海味，如果吃得足鼻子足眼儿，就不是美味，而是倒胃。借来的书，恨不得立即吃进肚中消化进血液里。若去书店花三二百元，买来大捆大捆的书，却束之高阁，半年一年不曾翻阅。古人感叹：书非借不能读。饭，是欠一口才香；书，是借来的为好。

我曾经说过一句很愚蠢的话：因为自己写书，所以我不看别人的书。不是自大，而是无知。现在我认识到：任何人，任何年龄阶段，都会有适合自己看的，可以给自己智慧与启迪的书。人生，应当与读书相伴，请不要让书离开你的手。我得承认：40岁以后，我愈来愈喜欢读书了。在极短时间内，敲骨吸髓般吸纳别人积累多年的经验精华，真是件毫不损人、专门利己的人生快意之事。

读书，能使你的心灵得到片刻的宁静。在这个日趋浮躁的社会，宁静对于很多人来说，已经是奢侈品了。好在，这非常昂贵的奢侈品，不需要靠太多金钱购买，只需花一本书的价钱就可以得到。

走向书展的路上，无论男女老幼美丑，都有一股书卷气。读书，可以改变一个人的气质，让人面对世界，温文尔雅，气度从容。

文人骚客

40岁时，也已走过不少名山大川、风景名胜。桂林漓江是我唯一一个去了还想再去的地方。让我魂牵梦萦，念念不忘。随身携带一本小小说集《因为有爱》，原本答应送朋友的。临时改变主意，将其投入江中。人不能与之相伴，但愿我的文字能长久安息于斯。

清明写给自己的墓志铭：这里躺着一个以码字为业的人，他一生码的字，可以绕地球转十圈。希望你的脚下，曾经踩到过他写的字。

世界上有两个作家在跑步，一个是日本的村上春树，一个是中国的亦农。不写作的早晨，我会沿着奥林匹克森林公园健步道跑步。一圈五公里，我会跑一圈，跑一圈，再跑一圈……直跑到大汗淋漓、神清气爽，直跑到灵感来临，然后，回家坐在电脑前继续写。拥有强健的身体，是拥有这个世界的基础。没有健康的身体，一切都归零。

每一位书写者都值得尊敬。写得好与不好，决定于其天性和才华。我相信在写每一部作品时，他都尽了自己最大努力。世界上没有一个作家，在写作时抱着草草了事的态度。如果真有，他一定不是作家。

年轻时候，因为别人一句“鲁迅靠吸烟刺激而写作”，所以我绝不沾烟……如今，与一帮狐朋狗友鬼混，难免被胁迫抽一根，故每每回家第一件事，先趴在便池上干呕，而后刷牙至出血——自作自受，自受自作。

几个文人骚客聚餐。有人提说当下网上恶搞古诗“停车坐爱枫林晚”，刻意强调其中“坐爱”二字。诗人小三说：应该还有一句“春江水暖鸭先知”，只需强调一个“鸭”字足矣。

一小老板送我一对高尔夫球，嘱我常去打打。我哪有那生活档次，灵机一动，何不改做健身球？于是，天天放在手中揉搓。几个文痞聚会，有人问我近来天天忙啥？我淡然答：“不忙，天天净玩高尔夫球。”众皆侧目。

散文与心情有关系，我差不多十年不写散文了。朋友送我两本关于山水的经典散文集，竟一点也看不进去，也与我当下的心情有关吧。坠身世俗，忙于生计，疲于奔命，哪还有心情写形散而神不散的散文呢？

要了解一个人，不要看他的小说、绘画、书法，要看他的散文随笔。就像他和你促膝谈心，尽管可能还有些许有意无意的粉饰，但更多是其真诚的心语。不用真感情，是写不好散文随笔的。每个人都有渴望倾诉的时候，大艺术家同样如此。

为人要老实厚道，为文当奸猾刁钻。匪夷所思的情节，文才飞扬、张力无限的语言，都应出新、出奇、出人意料，以能镇住（震撼）所有读者为目标。为文若像为人，平铺直叙、波澜不惊、寡淡无味，谁愿意看？作者写来也觉得没劲儿，平庸之文浪费自己，耽误读者，索性别写。

写作的时候，才是我最安心、安神、惬意的时候。完全忘记自我，文字在笔端静静流淌……这时候，我才是真正的我，就像一棵树是一棵树，一株小草是一株小草，自然是自然，世界是世界。

作品也分层次，有的作品只是娱人，有的作品是震撼人。遗憾的是，在这个人人叫嚣神马都是浮云的年代，娱人之作泛滥，震撼之作寥寥。我们从来不缺卖弄风骚的文人，而是缺少敢为民发声的墨客。

每一次从图书大厦走出来时，我都感觉自己牛气冲天。那样垃圾的文字都能攒成书堂而皇之地摆进书店卖，何愁自己的书不受到读者追捧成为超级畅销书？——说这话可能得罪很多圈内兄弟，但这是心中大实话。实话总是如良药，有些苦口罢了。

在大学时读席慕容的诗，学她的诗。至今仍认为她是当代人写诗写得最好的。她用诗的语言和真情写诗，不矫情，不玩虚的。读她的诗感觉不是在读诗，而是在读一段细腻的感情。当你读诗时觉得自己是在读诗，那诗一定不会好。

吴冠中的散文值得一读。吴先生终生以绘画为业，但情之所至，也会诉诸文字。以散文来绘景，叙写心事，畅谈对绘画艺术的感悟。从吴先生的文字中，可以读人生，读性情，还可以学绘画的技艺。吴先生是绘画大师，也是一位散文大家。

人骨子里还是群居性动物，喜欢成群结队，喜欢抱团取暖，渴望有归属感。所以才有单位，沙龙，三五成群……独来独往会使人觉得孤独，即使内心非常强大者也不例外。所以有人说：写作是一项寂寞的事业。

尽可能不麻烦别人，也不希望别人来麻烦我。尽可能地不涉及人情世故，只是为了能静下心，专注写些文字。不要太复杂，我只是个追求简单生活的人，越简单越好。能静下心来倾听自己，才能静下心来倾听这个世界。

为艺术扭曲人性，实不敢苟同。我得承认自己是凡夫俗子。著名舞蹈家杨丽萍为艺术不婚不子，虽然伊身材肤色依旧美，雀之舞或许也美，但却不能不令人侧目。愿天下女孩不要学她，该为人妻时为人妻，该为人母时为人母。人生苦短，为何不享受生命最基本的快乐呢?

孔子50岁始研究《周易》，曾仕强40岁始研究《周易》。亦农38岁始读习《周易》——学《周易》不必太早，没有生活阅历与经验，是很难体味到《周易》奥妙的。但不学《周易》，你或许一辈子不会读懂中国人，包括你自己和其他人。

我的所有稿子，都至少要存两份，台式机上一份，笔记本上一份。这样任何一台电脑黑屏，甚至坏掉，我也不会惊慌和遗憾了。所以，我每天的工作，除了写作之外，就是把一台电脑上新写的手稿，转存到另一台电脑上。虽然麻烦，但是放心。狡兔三窟，我有两窟足矣。

以后买书就去书市。如果不是火烧屁股，就把平常想要的书记下来，逢书市时再去买，超便宜。标价二三十元的，五元十元即可买到正版。北京有春、夏、秋、冬季等书市。书多，便宜，人不能太傻。

有一幅漫画，做了款爷的阿Q对鲁迅说：我给你五十万，你把你的文章改成“吴妈要和我困觉”。忍俊不禁之后又想：鲁迅先生大概不会为几十万元提笔，而中国之今日，为几个润笔费不要良心的文人，却大有人在。

与莫言。在这个世界上，无论你做什么，总会有人指指点点说三道四。好心者有之，恶意者从来不缺。嘴长在他人身上，怎么说是他人的事。好的建议当然要听，邪恶攻击权当空气质量不好。手和腿长在自己身上，该怎么走路，最终还得自己拿主意。

祝贺莫言。他算是中国文坛的一位默默耕耘者。不吹、不夸、不炒作，只以自己的作品说话。当初读《丰乳肥臀》，品其文字，思其写景绘人，只能用震撼可形容。叹必有为世人认可之日。真诚祝贺，真心高兴。中国的现当代文学，终于可以在世界面前，争一口气了。

文人批判

当代文人的一大特点：看谁比谁嘴贫，不以为耻，反以为荣。初级贫的，是无名文人；中级贫的，是当红不红的小文人；高级贫的，别人称他是大师，他说自己是流氓。文人的毛病——喜欢“脱口而出”。抖个机灵，耍个小聪明，娱人不害自己，倒也无伤大雅。但，历史证明，许多文人大都栽在这上面，“脱口而出”成了“祸从口出”，比如三国时候的那个杨修。

当代的文人或文化商人，有一个大特点：恶吹。自己恶吹自己，相互恶吹，文化商人为了获暴利恶吹文人——反正吹牛不用上税，可谓把聪明绞尽脑汁全用在吹上。其实，文人的恶吹由来已久，古有“文曲星下凡”，今有“鲁迅第二”。

一记者让我对某部电影作评，我说：现代大多数的所谓艺术，都只不过是表现女人胸部和男女脐下三寸部位之间“战争”的幌子罢了。小说不应该离开情色描写。在某种程度上来讲，小说就是用来描写人类隐私的，或者说描写人类隐私是小说的主要内容之一。

什么是人类的隐私？情与色当然是其中无法避开的最重要的内容。性，当然是艺术涉猎的主题之一，但如果没有艺术原则，一味投其所好地无底线地涉猎，则这样的艺术和脱裤子挣钱、提裤子走人的娼妓有何区别？

畅销书作家，正在被某些嫉妒心强、别有用心的人妖魔化。仿佛一提到畅销书和畅销书作家，就和浅薄、庸俗画上等号。我以为否！畅销书作家的特长之一，就是很会写情节跌宕起伏、真情感人的故事，而这正是诸多自谓“担当维护人类精神文明发展重任”的所谓主流作家们无能力做到的。

许多文人在公众面前温文尔雅，和善可亲，私底下却尖酸刻薄，小肚鸡肠。古人说文人相轻，实在是高看了，应该说：很多文人骨子里就是懦夫和小人。我们总是愿意相信艺术家都是完美的，事实并非如此。不要盲目崇拜艺术家。艺术家也不是完人，更不是圣人。许多艺术家人格极其低下，品德上更是无耻。这种在艺术上取得巨大成就的艺术家，过去有，现在有，将来恐怕还有。

八零后作家大致有两个特点：心气儿很高，觉得自己就是天才。心气儿高，才有创造性；觉得自己是天才，才会不屑走别人走过的路。这样的结果，或许能写出经典之作，或许碌碌无为被时间淹没。其实，所有作家的路差不多均如此。因此，自傲虽然不讨人喜欢，但也不全是坏事。

这个时代，有许多事情有点蛮拧。比如，文人们在一起时，谈得最多的不是文学，而是如何做生意；商人们在一起时，谈得最多的不是生意，而是文学。再比如，教授不好好在大学教书，而是到处为房产商鼓吹房价还要涨，很像秃尾的京巴狗；而房产商则跑去拍电影……

年轻人，最大的问题是盲从与跟风。所以书商愿意炒作明星作家；娱乐圈愿意炒明星演员……所以才有木子美、郭敬明、韩寒、芙蓉姐姐……其实，也不必为此奇怪，人性使然。青春期过后，雌雄激素有了正常发泄渠道，人就会慢慢有自己的是非标准。古往今来，不外乎如此。

实在不清楚韩寒与郭敬明的文字好在哪里，但两个人的炒作水平绝对是当今少壮派作家中一流的。名人的炒作，开始是要花费相当代价的，但名声到了一定程度，就会有别人有意无意地帮你炒了，且不需花费你一点银子和精力。正如我的现在，一不小心，又帮韩寒、郭敬明炒作一把。

某作家说：我是流氓我怕谁？由此想起一些佳句：我是领导我怕谁？我是警察我怕谁？我是城管我怕谁？……只是我很怀疑，这世上有没有人敢于声称：我是婊子我怕谁？一个人一旦把自己的脸撕破，也就没脸了。一个没脸没皮的人，还算是人吗？

女作家都想人家称她是才女，男作家都想人家称他是文曲星。我以为：在写作的时候，尽可以把自己想象成才女或文曲星，唯我独大。而在生活中还是把自己当成普通男女吧！如果在生活中也把自己当成才女或文曲星来演绎，结局大都会很惨。这一点有历史可以证明。

上海的王安忆读奈保尔的《大河湾》，觉得作者想象力丰富，但属早期作品，经营得不够。感到“经营“一词用得绝妙，忽然明白作家对于自己作品，是需要经营的。经营得好就是一部好作品，经营不好就不是好作品。商家要经营商品，企业要经营产品，农民要经营自己的土地。作家经营什么？当然是自己的作品了。当我们在写作的时候，是必须要考虑到“经营”二字的。

听蔡依林的歌《日不落》，不知为何，听着听着就听出一腔性感来了。现在什么东东都和性联系，管它沾边儿不沾边儿，只要有销量，有钱赚就OK。艺术，就是性学？人类的艺术，无论小说、诗歌、戏剧、影视歌剧、绘画、音乐，等等，大都源于性的原动力或渴望。其实远不止于艺术，亦可包括所有，阅读战争史，想找出因性而起的战争案例，一点都不难。

一位生活达人走进书店，说：我要巴金的书。售货员说：对不起先生，我们的书不论斤卖。达人说：我要买作家巴金的书，不是要买用秤称量的八斤书。

文章大家都会写，但能写得有“文才”的却不多。所以在我们写文章的时候，一定要想：如何使自己的文章写得有“文才”，才华横溢，才情满怀，才气扑鼻，财源茂盛！

一个有良心的文人的责任：真实地反映你所生活的时代，反映一个时代底层民众的心声，而不是一味给当权者歌功颂德，溜须拍马。一句话：文人应该是一个时代的书记员，而不是一个时代统治者的贴身小秘书。

关于文人的死法，海明威最像一个爷们儿。他掉转枪口，指向自己的脑袋，然后自己轻轻扣动扳机。有一种解释认为海明威的自杀，是因为他写不出东西痛苦万分所致。从文人心理上可以认同这个说法：一个作家再也不能写出文字是最大的不幸，如果又不会及时给自己找个借口，难免会想不开。

文学的作用

为什么需要文学？因为有友情；为什么需要文学，因为有爱情；为什么需要文学，因为有死亡。人类渴望友情、爱情，恐惧老去和死亡，所以需要文学来慰藉心灵。文学不像科学那样具有伸手可触的作用，但文学却是灵魂最好的依托与归宿。

《圣经》列出人类的七宗罪：欲望、贪婪、傲慢、嫉妒、暴怒、懒惰、饕餮。细数这七条，的确是人性之共罪，它几乎存在于每一个人身上。一位作家要想更好地表现人性，务必得深刻研究体味这七宗罪，把它们在自己的作品中充分、生动、形象地表达出来，给读者带来回味、反思、自省。这或许就是文学的作用。

科学家、经济学家、工人、农民，都在为他们生活的时代作出贡献。那么作家呢？我以为作家不仅要做一个时代的忠实记录者，还要抓住时代特色，把这个时代的本质揭示出来。作家要为当代的人奉献精神食粮！伟大的作家还要为后来者奉献精神食粮——这便是作家的职责！

作家的职责还在于：善于在生活中发现美的、感人的、最能拨动人心弦的东西，用文字表达出来供人阅读。一切艺术，都应该是美的，向善的，能给人以心灵慰藉的。不否认生活中有邪恶丑陋，但作家理应多向人们心中输送美与光明。

读一本好书，读一篇好文章，读一段美丽语丝，乃至读一句铭心动容的话，都会让人感到灵魂的愉悦。它仿佛畅通了身体中所有的经脉，让你隽永，让你清新，让你最真切地感受到：多好啊，这生活，这世界！

斯坦贝克：假如作家喜欢写作，他会在使用自己这一工具的无尽尝试中找到慰藉；贾平凹：多与自然和哲理接近而铸成诗格，多与名义研习而训练诗文结构；伏尔泰：乏味的艺术，就是把话说尽。亦农说：作文当通古今之变，成一家之言。唯精骛八极，方能心游万仞。

所有的艺术都是对生命的吟叹！在广仔发屋，听到黄家驹《光辉岁月》，印象中是一首老歌，虽港味十足，听来依旧时代感强劲。无论歌舞、绘画、雕塑，还是电影、电视，小说、诗歌、散文、随笔，都不过是对生命不同形式的吟叹罢了。那些歌曲之所以能成为经典，不外乎把握准了当下人的命脉心弦。从事艺术创作，如果说一定要找出规律的话，那么，有一条就是：能够与当代人的心灵产生共鸣。

冷淡笔墨写尽人间千情万爱，不动声色描绘世上大悲大苦。此类文章可为文中上品。

水浒上红楼几座碧水青天外，儒林下聊斋一家红花绿叶中。这是我多年前应某报之邀而作的一副对联，其中包括了古典名著《水浒传》、《红楼梦》、《儒林外史》、《聊斋志异》。

作家每天都在写字，但写出的都是什么字呢？这些字有意义吗？真正的作家就是用自己的文字给这个世界以精神力量。即便他的主人公是渺小的，但其光芒所及仍可以温暖所有人。

作家的工作就是码字，作家从来都人微言轻。所以无论政治、经济，还是娱乐圈，作家都不会是风口浪尖的那一个。作家证明自己存在的，只能是他的作品，而这种证明可能需要几年、几十年，甚至百年以后。如果你想在人前光鲜，一直生活在镁光灯下，那么，最好莫当作家。

写作或图书出版，是严格意义上的创意文化。无论是构思，还是寄希望于它所带来的财富，都需要规模宏大、大气磅礴，而不是小打小闹、小家子气。一个人的心胸和眼界有多大，就能做多大的事情，它们一般成正比。

“要做就做最好”“要做就做到极致”，是放之四海而皆准的标准和原则。无论唱歌演戏，还是写作，无论做什么都必须要全力以赴做到最好。唯其如此，才能给观众、读者留下深刻印象，才会成为经典。平庸之作转瞬即逝，大浪淘沙，能经过岁月洗炼最终流传下来的，唯有最好。那些凡事只求做完，不求突破，不求标新立异者，或许不会犯错，但注定一生平庸。

好莱坞大片，大多都是成人童话，中国人看得津津有味。问题的关键：是中国的作家或编剧都不会讲故事。我们编出来的大都是蹩脚的、连自己也不感兴趣的东西。成人童话也是童话，可是我们总想给童话加上种种教义功能。不是自戕，又是什么？

不要以为人有多么高雅，其实骨子里都是凡夫俗子。人们感兴趣的是什么？吃喝拉撒睡，男人三句话离不开女人，女人三句话就回到男人身上。一位研究文学写作的专家说：如果一篇作品，开头500字以内还没写到人的身体、性、床、暴力，这些敏感的容易引人兴趣的内容，它就不会好看，不会让读者有继续读下去的欲望。

也许，你匆匆写出来的东西像狗屎一样，但哪一部传世的伟大作品，在它的草稿时不像垃圾？家中有苗不愁长，有了初稿，你就有充足的时间反复打磨。很多想成为作家的人，之所以到头来两手空空，是因为当一个好主意诞生在他脑海时，他并不马上动笔记下来。结果，或许能成为经典的幼苗，还没有扎根就夭折了。

文章是写出来的，好文章是反复修改出来的。无论是谁，想写出好文章，必须经过反复修改，一而再、再而三地修改，文章越修改越好。在写文章上少有天才，只有“有思想”与“无思想”或“思想深刻与否”之分。这段话前半段我在女儿9岁时告诉她，后半段我会在她30岁时再告诉她。

每一棵树苗，不一定都能长成参天大树，但参天大树一定是小树苗长大而成的。畅销小说，未必不能成为经典。因为每一部经典都不会是在它刚刚诞生时就成了经典。所以，畅销小说作家不必因为自己致力于写畅销小说，而感到惭愧。

或许有人说，《西游记》《水浒传》不是刚一诞生就成了经典吗？还真不是。这两部作品都是经过无数人加工，最后由两位作家在前人基础上整理而成。还有人说《红楼梦》呢？还是用曹雪芹自己的话来答：披阅十载，增删五次。可以说曹雪芹用自己的一生，用自己的生命，才成就了一部《红楼梦》。你能说《红楼梦》刚一诞生就成了经典吗？

贫着贫着就贫成著名作家了。朋友送我几本当红作家的书，让我学习学习。我认真学习了几页，平常的吃喝拉撒，男欢女爱，皆用贫嘴文字写出来，除了贫还是贫。这样的贫嘴文字爷写不来，也不想写，还是宅在家做俺的“非著名”吧。

文人的创作，大部分注定只能是平庸之作，甚至归入垃圾。纵观人类史，能流传下来的文学精品，少而又少。然即如此，为何历朝历代文人仍前赴后继，费尽平生心血创作，大概都希望自己能成为那极少数的精品之一。所以，大多数文人，注定会以默默无闻的方式收尾——这也算所有文人既平凡又伟大之处吧。

舞文弄墨者

我的开场白：我不是职业教师，没有经过成百上千次课堂历练；我不是相关领导，不会胡说八道，颠倒黑白而不脸红；我是一个职业作家，更多时间面对的是书本和电脑。所以，我不太会演讲，如果中途有“断片”，就是我不知道自己讲了什么，还要讲什么的时候，希望大家给我鼓掌鼓励，我才有勇气继续讲下去……

媒体对我的定位似乎一直不确定，当我写悬疑惊悚小说时，他们说我是畅销书作家。当我写儿童文学时，他们说我是儿童文学作家；好吧，当我这部《七零后·私人史》问世时，他们又将称我什么？史学家，或者纯文学作家？

有人批我只会写小小说，我出了4部长篇恐怖小说；有人批我只会写恐怖小说，我出了10部儿童小说；有人批我只会写小说，我出了一部散文集《七零后·私人史》；有人批我只会码字……尼玛，表扬我一次有这么难吗？

作家是一种寂寞的职业，适于生活在相对陌生的环境，买菜、跑步，没有人认识你，不会因为无聊的人和事分心。整整一天，你都可以专注地于小说中的人物生活，喜怒哀乐……如果想长期潜心创作，就先找个适宜创作的环境吧。

在女儿学校附近租了房，离妻子的单位也很近。在这个小区，我是陌生人。只认识一两位遛狗的，仅限见面点头或打招呼“吃了没”而已。在这样的陌生环境里，我既可以买菜、跑步，终日专注于写作，不必担心被复杂的人和事困扰，又能够天天享受家庭生活之乐。一举两得，谢天谢地。

记者问，“三四年出一部小说”和“一年出三四部小说”有何区别？俺答：想写且能写的时候就尽量写吧。至于前者和后者区别，与作品质量好坏没多大关系。不要以前者而攻击别人不求质量，也不要以后者而攻击别人江郎才尽。所谓“才思泉涌”，或“为一句诗捻断三根须”各有其妙，因人不同罢了。

写作只是一种职业，和高尚与否没有几毛关系。你写作，只是因为你爱这一行当，它给你带来愉悦与快感。如果能让你以此谋生，那当然好。如果不能，就权当一业余爱好吧，就像某些人钟情于喝酒打麻将一样，没什么可以拿来当作骄傲的资本。

写作时我是大师，生活时我就是一俗人。有意思的是当下文坛，有许多人：写作时他就是一俗人，生活时总装得像大师。真正的艺术家只有两种。一种是在创作时他是艺术家，在生活中他还是艺术家；一种是在创作时他是艺术家，在生活中他是俗人。前者大都被人们称作神经病，结局大都很惨，比如自杀。后者能进得去、出得来，所以活得比较洒脱。懂得生活的艺术或许更艺术。我们应当尊重前者，学习后者。

搞艺术的人搞艺术时，一定要“进得去”和“出得来”。“进得去”是把自己的心魂灵肉与艺术融为一体；“出得来”则是与艺术分离，做回普通俗人。如果“进不去”，你将永远做不好艺术；如果“出不来”，则会使自己变成“神经质”、“疯子”，甚至被艺术害死。

高中时候，喜欢看卡耐基的《人性弱点》、《人性优点》，大学时喜欢读席慕容的诗，刚参加工作那几年喜欢看贾平凹散文。1998年后热心看过一段时间斯蒂芬·金的恐怖小说。2003年上网后，基本上不看别人写的书。2006年开始自己写书至今。

有记者夸我的小说中想象力不俗，问诀窍在哪里。我答：我小时候家里穷，没有电视VCD，没有书看，终日只能抱个收音机听《杨家将》《岳飞传》《三侠五义》《白眉大侠》等，一边听一边想象，脑海里的古今人物形色各异，姿态万千。这便是我想象力的来由吧。感谢贫穷！

作家谢人说：给第一本集子定名《推窗集》，意思是打开窗户向世界倾诉。等老年时给最后一个集子定名《闭窗集》，倾诉完毕，人生之幕亦将落下。

2009年10月9日，终于拿到中国作家协会会员证，入会时间为

2009年6月25日。将来说起时，会有令人骄傲的话题：我和金庸先生同一年加入中国作协，按辈分论我们算是师兄弟。金庸是文学大师，是我此生追求的目标，愿天能遂人愿！

有朋友羡慕我的自由作家职业，不用出门，不用上班看领导的死人脸，一个人在家悄悄地就把银子赚了。我举例回答：知道吗？我近三年所有的裤子，都是先从屁股开始烂的。因为我要每天在电脑前写作七八个小时。你有几条裤子是因为坐得太久磨烂裤子屁股的？！

有记者问我如何看待写作，答：能写的时候就尽快尽全力去写，不要等写不出来时，硬逼着自己提笔。强拧的瓜不甜，硬挤出来的东西，比干燥大便还干燥。好作品是靠数量来保证的，没有量的积累，不可能有质的飞跃。一个不终年把自己浸润在文字中的人，很难写出有质量的文字。除非他是天才，而天才在人类漫漫历史中，恐怕也只有屈指可数的几个吧？写作这种事就像男女的春春期，过去了就再找不回来。不要等过了青春期再谈恋爱，不符合季节的事情少做为妙。

写作最终要跟着感觉走，不能一味什么畅销写什么。依如两性关系，如果双方愿意就是做爱，如果有一方不同意就成了强奸。作家不能强奸自己的感觉，那样绝对写不出行云流水般的好作品。好的创作状态就像做爱，应该在愉悦中完成，物我两忘，浑然天成。

问：为什么你在35岁时辞职专职写作？答：写长篇小说的黄金年龄大约就在35岁到46岁。年龄太小，没阅历；年龄太大，没体力。写长篇小说的确是个体力活儿，就像盖大楼。体力不好没精力，没有精力就不能写长篇。所以我就趁年轻力壮辞职来专业码字了。

首先要生存，然后才有文学，才有所谓纯文学。在这个市场经济的时代，文学也要屈从于市场。因为作家也是人，也要填饱肚子，养家糊口！经典是需要时间来考验的，现实是，许多作家等不起这个时间。所以有人说，文学死了。所以有些作家改写畅销小说了，比如亦农！

清晨醒来，开窗后，坐床上反思：我宅在家里写小说，再过五个月，就整四年了。四年间写了十七八部小说，有些出版了，有些正准备出版，有些还存在我电脑里待嫁……人生有多少个四年？怎么度过才有意义呢？这是个问题！

送女儿上学回来，突遇三轮车。我躲，三轮亦躲，差点儿撞上。女司机不满："怎么回事儿？"我回："你怎么左拐右拐？"旁边一位北京老大爷一针见血："车开慢点就好了！"我在纸上能轻松表达的，却用嘴说不完全，这似乎是不少文人的通病。

上午好，开始码字……不写恐怖，不写悬疑，不写魔幻，开始写现实了。可是，为什么我总觉得现实比虚构的小说更残酷？写恐怖小说让我感到毛骨悚然，而写现实却让我常常泪流满面。

3·15前，我正闭门在家专心致志写一部悬疑小说，正写到兴头上，却先后接到七八位记者电话，非要我谈谈打假揭黑话题。我说，我不做记者四五年，您还是找更有发言权的人来侃。他们回答却出奇一致，你不是写了一部打假小说吗？找你谈最合适！好吧，我谈，谈十年前食品打假！

隆重推荐一下河南坠子《罗成算卦》，罗永章先生演唱，可通过百度视频搜索找到，应是河南坠子的经典代表曲目。河南人生于七零年代左右的应该对这种乡村艺术倍感亲切。

文人，最浪漫的事就是可以天天写字，一直写到老。直到某天，坐在电脑前面敲着敲着，不知不觉停下，也许一个字刚刚在显示屏上打出，也许那个字只打一半，或者只打了五笔字型中的一个字母。人就安详地闭上双眼，脑袋轻轻地抵在键盘上面。那曾经打出数百千万方块字的作家的手，停滞在那里，弯成一个优美的弧度……将军战死杀场，是英雄；文人在写作中逝去，也是英雄！对于一个文人，这就是最浪漫的结局吧。

多年前，与一位杂文家品茗聊天。他说："巴金的名字好，蜀地金子，所以他长寿且多福；老舍名字不好，老了却把自己舍弃了。"不知为何，杂文家的话我至今不能忘。

致诗人：生活是生活，诗是诗。不要把生活过成诗，更莫把诗过成生活。诗可以浪漫，但生活很现实。想把生活过成诗，生活会变成一团乱麻。想把诗过成生活，你或许要付出沉重代价。过平凡的生活吧，并不影响你成为诗人。梦想过诗一样的生活，结局，会比你想象的还可怕。

作家百分百都是话唠，只不过这个唠不体现在嘴上，体现在笔下。现实生活中的话唠，大都不会是作家。嘴上说尽了，懒得再动笔。作家嘴笨，只好在笔底下找补回来。

不信抽烟也可以获取创作灵感。上初中时，知道鲁迅是文学大家。听说鲁迅是个烟鬼，他靠抽烟获取创作灵感。我深不以为然，坚信不抽烟照样可以搞文学。如今三十年过去，我从不抽烟，已出版二十余部小说。

记者未来的出路大约有两种：一种是专家，一种是作家。当了几十年记者，还是记者，差不多就不是一个称职的记者了。

享受写作。唯有以享受写作的态度进行的创作，作品才可能会被读者在享受中阅读。如果觉得写作是一种痛苦，还是趁早改行吧。

我是如何写作的

媳妇总是别人的好，书总是自己的好。写长篇小说，就是在无路的地方，趟出一条曲折而精彩的路。作家和您一样，喜欢欢聚热闹，但这改变不了，写作永远是最孤独的职业。

写作是一项孤独的职业。当你写作时，你注定是一个人在战斗。无论亲人和朋友，都无法帮你。最能证明你存在的是你的作品。而作品从酝酿、成稿、出版，到被读者接受，是一个漫长的过程。有些作家一生都未必等得到……这是我的命运，我会继续在这条路上孤独地走下去，不后悔。

拳击最后拼的是智力，写作最后拼的是思想。其实，二者都取决于头脑，而不是蛮力。人有一技之长，就能吃遍四方。要想成为作家，会讲故事就可以了。作家要想活下去，就得会讲故事；作家要想活得滋润，就得会讲好故事；作家要想活得有尊严，就得会讲既好听又有意义的故事。

故事写作三字真言：新、奇、巧。高质量故事要有高质量的故事核儿来保证，高质量的故事核儿要有高质量的素材保证。高质量的素材来自作者平时处处用心的耳闻目睹。故事要有干净的语言、一波三折的情节、一定的思想性。

《故事会》姚自豪老师讲，让他一晚上写出一篇小说，应该没有问题。但是让他一晚上写出篇能上《故事会》的故事，他做不到。这句话给我印象颇深。或许：好的故事核儿是可遇不可求的。没有好的故事素材，就是再高的故事高手也难写出高质量的故事。

当下的中国作家，真正能写故事的不多。有人鄙视说：我写的是小说，不是写故事。恐怕事实真相是，他根本写不出好故事。故事更讲究情节曲折和思想性。中国没有好莱坞那样具有普世价值的大片，与中国缺少故事作家不无关系。

影评人评名导演斯皮尔伯格拍的电影，把谋杀拍得像爱情，把爱情拍得像谋杀。这句话给我印象很深。他讲了一种说故事的方法，同时说出了讲故事的技巧。目的只有一个，要给观众好看。走商业的路子，就是要好看，要满足不同观众，小孩、老人、成年人、年轻人，男人、女人的爱好。这对搞创作也很重要。

小说中的每个人物，都应是活生生的，有自己的立场和角度，即有自己的世界观、人生观、价值观。每个人物的言谈举止，都要有其性格烙印，符合他作为“这一个”人物的性情，而不仅仅是小说作者的传声筒。作者想让他说什么话、怎么说，就让他怎么说，是严重错误的。

写小说的唯一诀窍，就是讲故事不要直来直去，尤其是在讲核心故事时，一定要一波三折做足铺垫。就像做爱，要有充分的前戏，这样高潮来时才如排山倒海，令人刻骨铭心、难以忘怀。

作品的好与坏，自己说，没用；别人说，或许有些用；但最终，是靠作品说话。你的作品在那里，就是最好的证明。一切尽在不言中。所以有人说：沉默是最有力的回答。

日记日记，天天要记，一天不记，不算日记。这是老师对我的教导，我至今牢记遵守。国庆放假八天，女儿的老师要求她们完成八篇日记。时至今日，女儿还一篇未写。我获悉后惊问：“后天就要开学了，你怎么办？”女儿坦然道：“慌什么吗？我用两天时间就能写完。”我恍然大悟：原来日记其实也可以这样写！

小小说是微雕人生，换句话说：就是把人的皮扒下来，裸出骨头给人看。一种性格，决定一种人生；一种性格，决定一个小小说作家。

做文章如做人，不能半点虚浮，要脚踏实地，实实在在写出一点真正属于自己的有丰富内涵和丰富个性的东西。唯其如此，你的作品方能耐得住时间考验，才会不是过眼云烟，转瞬即逝。

长篇小说的人物小传，最重要的是勾勒出每个人的情感、认知、态度发展变化过程，找到促使其改变的那个“点”，即那件事。这样才可以成功描绘出活灵活现的主人公、次主人公的成长变化过程。也使得故事起伏波折，九曲十环，吸引读者，提高故事立意。

关于长篇小说人物塑造：每个人物都应当活灵活现，有自己的灵魂，独立地站在他（她）个人角度的思考、选择和行动，而不仅仅是作者的传声筒。那些给读者留下深刻印象的小说人物，恰恰是完整表达了其个性魅力、有血有肉的人物，而非作者机械苍白的代言人。

单田芳先生是指导我创作的一位老师。我是听着单先生的评书长大的。《大明英烈传》、《三侠五义》、《白眉大侠》、《童林传》等，我都耳熟能详。我能走上写作之路，至今出版十余部还算畅销的长篇小说，不能不说深受单先生评书的影响。很多年前我就梦想见到单先生，当面致谢。今天，机会终于来了。

参加一个座谈会，有朋友问：如何才能成为畅销书作家？答：当你写作时，首先要想到，你即将写出的东西，对读者是否有价值，是否是读者想知道或喜爱的。如果不顾及读者需求，自说自话地意淫，那你的作品永远只能顾影自怜、孤芳自赏、敝帚自珍了。

任何小说写作都应注意：1. 主要内容，以爱情或兄弟友情为核心，即反映人性。这样才能感动读者，引起共鸣。作品才有高度。2. 写作手法，突出悬疑（惊悚）氛围，引人入胜。3. 要幽默，使读者感到轻松。读小说不是受教育。4. 要曲折，欲扬先抑，一波三折。

我一直认为自己最不擅长写爱情题材小说。偶尔写了篇《我爱潘桃红》，很俗的名字，很俗的内容。却发表了，而且是权威的刊物《小小说选刊》2010年5期。刚刚心虚地又看了这篇的底稿，竟看得眼圈热乎乎的。爱情这东西，最容易击溃人。

儿童文学人物塑造，性格要更鲜明，一般在日常生活中孩子的性格语言神态，小说中要夸张二三个等级。这样同龄孩子阅读，才更容易发现人物的鲜明性格和优缺点，才更容易喜欢或不喜欢某个小说中的人物。所有文学都是“夸张”的艺术，就看作者会不会“合理”夸张。

做人要中庸，甚至平庸。但作文一定要极致，甚至不惜极端。

不要以为自己很聪明，你绞尽脑汁悟出的人生体验大道理，很多年很多年前别人已经说过了。

很敬佩那些年纪一把，仍然活跃在歌坛的歌者。比如罗大佑、李宗盛、毛阿敏等。他们才是真正喜欢歌唱的人，不再仅仅把唱歌当作赚钱工具，而是当作生活，当作享受。享受歌唱的人，才会成为艺术家。一如享受写作的人，才会成为大师。

有人说电子书，会像数码相机取代胶卷相机一样取代纸书。我看未必。数码相机取代胶卷，人们仍可得到和从前一样的照片和感受。而如果电子书完全取代纸书，人们不可能从电子阅读器上获得与翻阅纸书同样的感受，书香、纸感、枕边的惬意与随便……

有记者问我，初学写作该研究学习哪些作家的作品？答：多读职业作家的书，他们的写作一则更关注市场，二则更关注人性。对于那些被供养的作家，少看为妙。他们大多不愁吃喝，只是一味地玩弄文字、玩弄文学。这种东西，一没有市场，二没有活力，三缺少人性。

第三只眼

世相杂谈

中国的现在，不缺少有钱、有势的商人，而缺少有道德感和社会责任感的企业家。当某些所谓企业家为一己之利胡言乱语、大放厥词，不以为耻反以为荣且洋洋得意时，不能不感叹这是一个时代的悲剧！

一个女孩为能进剧组演戏，过了6道关，和10个男人发生过关系，才演个配角……一个人选择什么样的团队或合作伙伴非常重要。如果你选择一心做事业的团队或伙伴，那么你也可能成就自己的一番事业；如果你选择一帮禽兽做伙伴，你也可能会变成禽兽中的一个。

一个人要想赢得尊重，首先要自己尊重自己，知道什么是生存底线，什么是必须拒绝的，为达到自己目的，不惜一切代价的行为不值得。如果你自己都不尊重自己，别人把你当牲口使用又有何奇怪呢？

现在，有那么一种人说话从来不用脑袋，而是用屁股。坐在哪一边，就替哪一边说话。这种人可能不缺钱，不缺权，缺的只有一样——德。有句话：人闲长指甲；有句话：人闲是非多；还有一句话：人闲屎尿多。话糙理不糙，想一想，也真是。

能力越大，责任也越大。民众呼唤英雄，呼唤正义与公平，是希望有本事有能力的人，站出来伸张正义和公平。而不是有本事有能力的人走向邪恶一端，助纣为虐。当更多有本事有能力的人站在正义与公平一端时，这个社会才会和谐与太平。

拳击，算是一种合理合法的打架。打赢的人不但不受罚，还有很多的钱可赚。这种职业在西方很流行。当拳击手是许多穷人发财致富的一条途径。代表人物是泰森，据说他一拳能打死一只老虎。有钱的时候，可以随便把自己的高档车送给女招待。可惜这位拳击天才被逼退役后不会理财，如今穷得连内裤也几乎买不起。

拳击比赛，一个是比力量，一个是比智慧。拳头重，一拳将对方OK，不错；有智慧，靠技术，点数取胜也不错。最理想的，当然是拳手既有力量又有智慧，纵观世界拳坛，这样的拳手实在寥寥。所以，能称王者很多，能称王中王者，极少极少。

他们说：什么事情，大家都莫要往歪里想！但每次有轰动性事件爆出，总会有人往歪里想。诡异的是，事件的真相最终被揭开，又往往与歪想者的歪想不谋而合。这就是“为什么现在越来越多的中国人，遇到事就喜欢往歪里想”的根本原因。

世界需要和平，人类期盼和平。但世界上有许多是绝对不能握手言和的，比如水与火，正义与邪恶。所以，我觉得消灭战争可以是人类的一个美好心愿，但不太可能成为现实。

商人包二奶比较普遍，有钱撑腰，只需瞒防着老婆即可。对于无德有钱的商人，包多少个二奶都不会有负罪感；官员包二奶相对少些，且多隐蔽。主要担心因包二奶丢官，官没了，钱就没了，钱没了，二奶肯定会鸡飞蛋打。二奶现象，古代如此，现代如此，将来恐怕也如此。

小时候在乡下看唱戏，苦思冥想而不得其解：为什么每一个古代人，无论走到哪里都带着一帮敲锣打鼓拉胡弦吹喇叭的？现在，我仍能看到某些人，无论走到哪里，都带着一帮敲锣打鼓拉胡弦吹喇叭的，只是自己再也不苦思冥想了。

古有七夕，今有七夕。古有牛郎织女两相离，今则打工恋人在天涯，相隔十万八千里，如果有一个是孙猴子，那倒简单，一个筋斗云就可以见面了。但现实往往很残酷，恋人思恋益甚，其苦大也。所谓和谐社会，最根本的是人性的和谐才算是真正的和谐，其余皆属表面文章。

周日去香山。见一对男人，一位方面大耳，像领导；一位年轻精瘦，像下属。领导一路指点江山，激扬口条；下属一路点头哈腰，只道是、是、是。心中不由为这年轻人感叹：真不容易！

社区一大妈，养一条狗，又收养一条流浪狗。两条狗从来不同时遛，总是遛完一条，再遛另一条。我曾苦思：伊为何两狗不同时遛？既省时又省力！忽两三日，见大妈边遛狗边从垃圾筒捡垃圾。大悟：伊一条一条遛，原是为一边遛一边捡垃圾。世界上万事万物，都有其存在的理由，只不过我们局外人不知罢了。

家里养狗，所以偶尔闻到放狗屁；社会上狗多，所以经常闻到放狗屁，狗屁熏天。家里的狗屁虽有臭味，但似乎无害；社会上的狗屁，不但味臭而且有害，害人不浅。所以，家里可以继续养狗，但社会上的狗要坚决打击，最好一棍打死，让“社会狗屁”永远绝迹。

小伙子得意地说：我没有积蓄，所以我爱通胀。通胀了就得给我涨工资，现在一月拿三千，通胀了能拿三万。我问：你有父母吗？答：他们刚退休。我说：通胀后你爹妈辛苦积蓄一生的血汗钱会变成一堆废纸，他们将一贫如洗。即使你一月能挣三十万，未必够自己花，还得给他们养老。小伙子张嘴无语。

不要叫嚣涨工资，当你的工资大幅增长时，你存在银行的钱肯定会更大幅地贬值。比如，你用十年存了10万元，现在你一个月可以挣10万，就等于你过去十年的血汗全部白流。这就是可怕的通胀与货币贬值。但愿永远不要真的降临。

农民工一年收入一两万元，国企老总一年收入一两千万元。天上地下的收入差距，拉开的是中国人之间的心。有人扬言：你让我不好过，我就让你过不好。这不是威胁，如果不及时解决，或许就会变成事实。

当靠勤劳不能致富，而且面临财产贬值时，投机倒把就会大行其道。当投机倒把大行其道，并使一部分人一夜暴富时，社会就可能已经走到了崩溃的边缘。

雷锋做好事不留名，是那个时代的大环境造就的。现在，如果有人像雷锋那样做好事不留名，恐怕会有人以为他（她）可能有病！时代可以造就雷锋，时代也可以毁了雷锋。这大约就是当代缺少雷锋的病根儿。

世界上需要绝对禁止的事情肯定有，但绝大多数事情，只需要有效疏导，而不必绝对禁止。相关部门的问题是：常常把需要有效疏导的却去绝对禁止。故，出现“禁而不止，运动过后一切照旧”的现象，也不必大惊小怪了。比如，现在北京正在搞的“打击黑摩的”运动，可以肯定地说，会以失败告终。

词典上这样注解“牛头不对马嘴”：见“驴唇不对马嘴”；而对“驴唇不对马嘴”的注解是：见“牛头不对马嘴”。现实中，我们可以看到某些相关部门就是这样办事的。

策划是这个年代最流行的词儿。什么事情都需要策划与包装，女演员男歌星大都由策划包装炒作走红。不入流的画家，在文化公司的策划包装下也可以成为大红大紫的名家大师。

手机，20世纪后期兴起的一种人类通信工具，到21世纪初，男女都离不开了。一般人手一部，也有大老板或有隐私者一人两部或多部。比如，一个有夫之妇或有妇之夫，在老公或妻子之外还有一个情人，为保险起见，两人各自专备一手机，单线联系。

从饭店出来三百米，乍见辅路上躺一赤膊哥们，只穿一大裤头，伏地酣睡。旁边坐着两个无奈老兄。这哥们把水泥路当家里弹簧床了。能把自己喝得状如死猪，够勇敢也够可怜。

马路上一对男女边走边聊。女：“那个单位说了，如果想去工作，先得交押金。将来正常离职，可以退，若是非正常离职，就不退了。”男：“现在还有这样无耻的单位？”

奥巴马总统同父异母的弟弟是一个在中国工作的洋打工仔。这在美国人看来会很正常，但在中国人看来可能就觉得很不可思议：哥哥是总统，弟弟不是个副处级领导，至少也得是个搞房地产的包工头，不盖房，专倒地就大发了！习以为常的现象，并不都合理。但若习以为常了，就失去了改变的动力。

清晨，在奥林匹克公园跑步，抬头看到湛蓝天空，薄纱、流线似的白云。忽然想：这样的天空，秦始皇、李世民看到过，朱元璋、毛泽东也看到过。还有李白、苏轼也该看到过。时间真神奇，能让曾经的存在消失，也能让某些存在永恒。万亿年后，人们仍能看到这样的湛蓝天空！而我等早已成尘埃了。

现在的医院，真是个让老百姓烧钱的地方。三百五百不算钱，一千两千很常见。在某医院听一个收款员对病人家属训话：你们预交了三万，现在已花费了四万，所以得马上再预交两万，至少先拿一万来。那说话的口气，就像菜市场的小摊贩，钱也不是钱，好像是一堆烂纸。

世相小品

唐山老妪，年八十，生三男三女，各自成家立业不在身边。老妪十年前于荒野捡一跛足狗，自此与老妇相依为命。忽一夜天崩地裂，唐山大地震。老妪被压于巨石下，跛足狗以舌舔其唇……三日后被救！又十年，老妪无疾而终。跛足老狗长嚎三日而亡。三男三女将跛足狗与老妪合葬，哭道："愧我六人，不如一犬！"

弟子在孔子门前，有人要见孔子。愿代师答。"一年有几季？""四季。""三季。""四季！"争论不休，最后约请孔子评判，输者给赢者磕仨头。孔子听罢答："三季。"弟子只得磕头。后，弟子复问，孔子："他浑身泛青是一蚱蜢，春生秋死，怎知有冬？"这个故事告诉我们：永远不必与"三季人"争是非。

大男应朋友介绍到公园相亲。老柳树下，大男拿出《青年报》佯作看报。朋友事先约定，双方以报纸为记。5分钟后，大女持《青年报》至。两人相见，各吃一惊：是你！三年前，他们曾在同一地方见过面，相亲。再相对时，胸中各有千般无奈，万种心酸。一月后，大男大女成百年之好。

一件牛仔裤摆在柜台上，标价60元，两周过去，无人问津。亦农到此获知情况后，提笔在6前加了一个2字，并嘱咐挂出一副“让利销售”的牌子。两天后，亦农再次路过，售货小姐喜道：裤子已被人买走了。

某先生天生矮矬，看人必须仰视，别人看他也必得低头。为增高某先生想尽办法。如“快快长穴膜片”、“增高鞋垫”、“XO增长灵”等，均不见效果。气得他直骂：全他娘的是骗人玩意儿。一天，某先生时来运转，官居某领导要职。别人再见他时，一个个都屈膝弯腰，做仰视状。某先生笑道：我知增高秘诀了。

出差某地，顺路拜访昔日同窗。迎面撞上一人，眼耳口鼻看罢，认识。吴君！我热情迎上。那人仰面漠然而去。天下竟有如此面目相像者。我怪自己眼拙。莫呼吴君，呼吴主任必应。有知情者说。少顷那人返回。吴主任！我遥遥而呼。那人驻足惊喜：老同学来也！方才招呼，未听见否？同窗解释：吾有耳疾久矣！

一个是两鬓斑白老人，一个是青春妙龄少女。一只娇嫩的手悠闲地摇着香扇，一只枯干的臂紧依着护栏。她们是一辆公共汽车上的两名乘客。车上人太多了。一位乘客看不过去，对少女说：你应该给这位老人让个座位。少女仰脸不屑一顾地说：她是我妈，管得着吗？你！

美人盛又叫女体盛，美女裸躺于餐桌，身上摆美味佳肴供人品尝。局长到南方出差，点名要尝，美其名曰体验生活。陪同者不敢怠慢，请局长到该市著名酒家。局长迫不及待举箸，忽僵立不动。餐桌上的裸体美女竟是其女儿。局长怒斥："汝不缺钱，不好好念大学，为何做此下贱事？"女儿道："体验生活！"

和小三在肯德基吃烤鸭，旁边有两位非洲黑人顾客。小三忍不住惊叹："黑人好黑！"没想到那两位顾客中的一位扭回头，嘿嘿一笑，用地道普通话说："牙白！"

出版社来一乞丐，肩上搭着脏兮兮一条布袋，手握油光光打狗棒。社长问：有何贵干？乞丐：想出书，书名《丐星自传》。社长笑说：闻所未闻。乞丐一本正经：影星、歌星、主持人能出自传，丐星为何不可？社长讷言：出书自费，你拿得出这钱？乞丐打开布袋，在桌上排出一座小金山。道：此十万不足，回去再取。

单位组织春游，谢天不想去，随便找一借口，说堂姐患宫颈瘤，不知是良性还是恶性，自己得陪同去做检查。单位不好再要求他一定出游。过了半年，忽接堂姐夫电话：堂姐患宫颈癌，恶性，人已亡。谢天狠抽自己嘴巴，骂：瞧你这张臭嘴！

某日，与一位洋学生同乘地铁去电视台做节目，遇到两位女士骂架。洋学生注意到她们反复使用一个词汇，但不明白何意，向亦农请教。经不住洋学生苦苦追问，亦农只好直译：这位女士反复表示要强奸对方的母亲，和她的祖母、外祖母，而那位女士也有同样的强烈要求。洋学生感叹：在中国，同性恋这么开放！

老兵，八十有余，现居长孙家。长孙，任某大企业总经理，欲与外商合资久矣。某日，长孙于饭桌上喜曰：明天，日本人来。老兵闻言，掷箸回卧室。少顷，戎装而出。家人大惊，问之何故。老兵凛然道：何时与小鬼子开战？

京都帝国大酒店。头裹白毛巾、腰扎毡带的老人趋前问曰：订一桌饭菜多少钱？女店员瞥老人一眼，侧目他处。老人复问，越发恭敬。一千三一桌，你付得起吗？老人不语，退后几步，上下打量酒店门面，又举目环顾四周。再趋前问：贵店老板在否？做什么？女店员问。老人说：我打算买下此店。

款爷在圣帝酒楼请客。宴毕，服务小姐拿来账单。款爷过目后说：“菜钱没问题，这酒钱就不对了。”服务小姐说：“我们有专人记账，没错。”款爷头摇得像拨浪鼓。经理闻讯赶来说：“我认真查过，这账没有错。”款爷一笑，从口袋里摸出一把酒瓶盖儿：“今晚喝了多少瓶酒，全在这里。”观者皆目瞪口呆。

清明时节雨纷纷，路上行人欲断魂。某公墓，一女士买百万冥钞，在一墓碑前烧了。扭身想走，忽然想起什么，又买百万元冥钞，提笔在上面写道：此是真冥钞，不是假冥钞，请大胆使用！写毕，烧之。方安心地离开。

都市街头，男人殴打女人。男人似铁塔，对女人推、搡、踹。T先生路见不平拔刀欲助，Z伸手拦住：你认识该男女否？T摇头。Z说：你知道他们是什么关系，人家老公打老婆，属于人民内部矛盾，关你屁事，你半路杀出个程咬金，知道的说你是英雄救美；不知道的，还以为你是第三者插足！于是，T先生欲行又止。

商厦。一油头粉面者，穿“兽王”，挎小秘，靠着柜台仰脸闭目打手机。旁边一瘦小枯干者，一只脏手正悄然从腋下入侵“兽王”腰包。T先生欲过去喝止，Z一把拉住：你瞧那“兽王”，有钱得瑟得不知自己爹娘姓啥，该他倒霉。那窃先生，腰中或有匕首，他掏家伙捅你一下，何苦？！于是，T先生欲行又止。

门铃响时，大家赌兴正浓。门开，撞进两个陌生人，其中有个瘦者喝道：“联防队的，抓赌。”胖子挨个儿搜身，将钱悉数收了，又把一桌麻将包好拎在手中。两人扬长而去。“我们还没看他们的证件。”有人醒悟，急追至联防队探问。答无此二人。众人始知上当，后悔晚矣。

母亲一早出门，出门时手里拎着个空空的油瓶。临近中午，母亲方回来，火毒毒的阳光使她上衣被汗湿了大半。母亲将满满一瓶香油放在橱柜里，显得很满意和愉快：总算买回来了。咱们家门口不是有卖香油的吗？他们价高，四块二一斤，母亲说：五里店的便宜，一斤四块一。五里店距我家五里，来回要走十里路。

青年作家于某，一日提前下班回家。开门，见读中学的儿子正和一女孩儿在沙发上接吻。于某大怒，责之。于妻回家，见状问何故。儿初不语，于妻再问。儿委屈道：我爸爸在书上写他初一就追女孩子，我已读初二，谈女朋友有何不可？

机械厂有两位老人，一个丧妻，一个无夫，经别人说合，走到了一起。结婚那天，有人在他们新房的门口贴副对联，上联是：一对新夫妻；下联是：两台老机器。横批：人老“芯”（心）不老。

铁路首次铺进大山。一列火车呼啸驶过。山里几个劳动的汉子被这疾驰的东西惊得目瞪口呆。半晌，一个叹道：这家伙比兔子跑得还快。另一个若有所思地说：这东西爬着就跑这么快，它要是站起来，还不知要跑多快呢！

一英国人不知道中国人所说的“方便”，除了有“上厕所”之意外，还有“有空儿”的含义。一中国人热情地对他说：“在你方便的时候，请你来我家吃饭。”这英国人就很郁闷。误解，源于歧义，更源于缺乏沟通。

媒体语录

对于某些看似违反常规常理常情的事情，许多人第一反应常常是义愤填膺、大加指责，好像自己正站在道德的制高点。然而许多时候，事实却是因为我们并不完全了解真相。某些心怀叵测的家伙，总是善于利用人的这种心理，制造滔天舆论，而你则无意中成了可恶的帮凶。

媒体还有一项重要功能——煽情！不明真相的民众，常常成为媒体愚弄的对象。而今新闻的真实性越来越不被重视，好像也缺乏相关部门的监管。比如相当多的娱乐新闻，其实大都是炒作，真实性很值得怀疑。

中国主流媒体新闻报道可一言蔽之：国外一团乱麻，国内一团和气。国外人民处在水深火热之中，中国人民很幸福和谐。其实这样说的时候，大家心里都犯嘀咕。

中国记者怪现状：记者分两种，一种有记者证，一种没记者证；有记者证的不一定是记者，没记者证的不一定不是真记者；记者证成了某种身份象征，有证的牛×哄哄自称正规军，没证的自觉低人一等，被称土八路或假记者。而现在之媒体，绝大部分在雇用没记者证的记者，他们价廉好使，不听话可一脚踢开……

记者分类：在编记者，不在编记者；有新闻出版署记者证的记者，没有新闻出版署记者证的记者；有前途的记者，没有前途的记者；有良心的记者，无良记者（黑心记者）；男记者，女记者；老记者，小记者；真记者，假记者；记者，妓者……

中国现在的记者，称谓有越来越向贬义靠拢的趋势。比如，报道不实，为利益集团驱使，拿红包替人说鬼话，只唱赞歌不讲问题，传声筒没主见无良知，奴性十足……呼唤有正义感的记者，相信有良知与血性的记者还是占多数。

前两天，受邀去攀金山岭长城。来到长城某处，主办人介绍，大家小心，以前曾有人从此跳下摔折了腿，被担架抬下山。有两个某大主流媒体记者，不顾拦阻，赫然从一两米高的城墙跳下去，且得意洋洋说：我们医疗保险正愁没地方花呢！

这些记者普遍特点，因为觉得自己来自大主流媒体，所以自视很牛叉。说话牛气冲天，不把其他同行看在眼里。其实他们不晓得，当许多记者在一起时，他们常常不知不觉中就成了“被围观的猴子”。

无论哪里都有好人坏人。记者也分优劣。有些记者混吃混喝，拍马溜须当走狗当打手，有些记者忠于职守，不畏权贵，敢于揭露真相。我们鄙视前者，尊重后者。他们是正义的卫士、中国的脊梁。

记者不只是为了歌功颂德而存在。记者的天职是真实反映当下现实。现实既有光明也有黑暗，不能因为记者反映黑暗，就被跨省，被通缉。如果发生了，只能说明，在我们的生活中，黑恶势力依然非常猖狂。记者的生存环境越恶劣，说明我们的社会越不和谐。这是个正比关系。

有记者问我，如何理解幸福？答：所谓幸福，就是当你迫切需要解决内急时，终于找到了厕所。有记者问：40岁至50岁，你认为人生在这个阶段应该做什么？我答：参悟。然后把参悟到的人生道理宣扬出去，影响更多的人。有记者问：现在什么人最流行？这是个什么样的时代？我答：只会说人话的人，不流行；只会说鬼话的人，也不流行；既会说人话，又会说鬼话，且知道什么时候该说人话、什么时候该说鬼话的人，最流行。你明白这是个什么样的时代了吗？

昨日书展，有记者问如何看“某某明星发飙、撒野事件”，俺答：关键是心态。为人当自重，自己都不尊重自己，怎么让别人尊重您？明星，尤其是年轻明星，容易自我膨胀。其实，如果人家把你当个人物，你才算是一个人物；如果人家把你当一屁，你就连屁都不如了。

记者的素质越来越低了。应邀参加一位朋友的新书发布会。台下坐着五六十名各媒体记者。中途去洗手间，回来无意扫了一眼记者席。一位记者在用上网本看电影，一位记者在用上网本看股市，一位记者在玩“愤怒的小鸟”游戏……

多年前，有无知的媒体人在报纸杂志上称肯德基、麦当劳是垃圾食品，也有民众跟风称坚决不食这些垃圾食品。多年过去后，肯德基、麦当劳依旧在中国方兴未艾。其实无论食品质量，还是服务质量、服务理念，肯德基、麦当劳都远远高于中国的许多大饭店。中国人骨子里的盲目排外和盲目跟风心理，早得改一改了。

无论多么爆炸性的新闻，随着时间推移，都会变成旧闻。你也只有在书中才能重新回味它爆炸的威力。现实总还有新闻爆出，但总是一波未平，一波又起。很快又恢复平静……我们无力改变什么，就只好抱着文字取暖吧。

其实，有许多新闻，是人家故意做出来逗你玩的，权且当笑话，哈哈一笑，也就罢了，千万不能当真。否则，你就总会有上当受骗的感觉。说白了吧，人家就是骗你玩的。

媒体娱乐化弊病越来越明显。一些所谓专家学者地产老板，为了吸引媒体记者，免费上版面，不惜经常放出“非人类语言”，或曰“放大炮”。不但能名扬天下（臭名、恶名也无所谓），还可混淆视听，让认真负责的言论被忽视冷落，一举数得。这不能不说是中国媒体人的悲哀！

我常以小人之心揣测之：如今网络病毒汹涌滔滔，为各种杀毒软件公司提供了广阔市场、丰厚利润。难道、没可能、会不会这些网络病毒正是这些杀毒软件公司偷偷制造的？他们为了卖杀毒软件获利，先制造了病毒！当然，我们不能说，警察都盼望小偷越泛滥越好。

在中国，确实存在这种现象，一帮老愤青，拼命吹捧一个小愤青，把他吹捧成神，自己在后面坐收渔利。不晓得哪天，小愤青膨胀过分，轰的一声炸了，老愤青至多会弄一脸烟灰。继而重新吹捧新的不知天高地厚的小愤青。这就像一伙老流氓，鼓动一个小流氓。若哪天小流氓进去了，老流氓则早作鸟兽散了。

网络炒作不可小视。它可以把普通人捧上天堂，捧为神。也可以把非普通人打入地狱，打为魔怪。无数没有是非标准的网民，常常不知不觉中沦为助纣为虐的帮凶，而让那一小撮炒作操纵者（网络黑手党）偷偷地笑：网民很蠢，好糊弄。

有个亲历，至今难忘。一月前某网站CEO在微博上发骚显摆。我忍不住炮轰其两句。片刻内就无法继续在微博上发帖发表观点了。网络黑手党的最大特点是——当你要揭开他的画皮时，他可以用技术让你保持沉默。

当数字视频被人类应用以后，无论你在天涯海角，都可以通过视频如同对面聊天。科技从来都是一把双刃剑，视频可以给我们带来惊喜，也可能会在某一天给我们带来无法弥补的伤害。

网络发展至今，尽管还受到种种令人不可思议的无端阻拦，却已经是普通民众尽快接近事件真相的唯一途径。比如微博，总有在现场的当事人，可以通过手机网络第一时间发布出来。而并非要等记者采写，通过审核后，才可公布于众。这就更加能考验记者的职业精神和道德良知了。

故作深沉讲哲理，玩世不恭耍贫嘴，扭捏作嗲装嫩作秀，泼皮无赖撒泼骂街……现实生活中能看到的，微博上都能见到。所以，网络是现实生活的延伸，只不过网络更像人性的放大镜，人类的一切在上面都被放大。

微博就是现实社会的翻版，只不过微博上的人表现得更赤裸裸，更气急败坏而已。微博也是个名利场，伪大师、思想家、阴谋家、神棍、捧臭脚者、三流戏子、清者、浊者、阉人、小丑……各色人等，轮番表演，层出不穷，活脱脱一个“现世绘”。热闹，肮脏，但也纷繁，好玩！

微博也算个江湖，拉帮结派有之，溜须拍马有之，相互吹捧有之，相互掐架有之，旁观者有之，泼妇贱夫有之，变态者有之，意淫者有之，自大狂有之，独行侠有之，自言自说有之……人性百态，人间万象，微博差不多都有了。

对于有炒作嫌疑的人或事，即便看透其险恶用心，忍不住要骂要唾弃时，你已经上当，因为他的炒作不但入你耳，还入你心。所以，对于疑似炒作的人或物，最有力的反击是，不谈、不转、置之不理，其自会迅疾消亡。

有的人靠嘴吃饭；有的人靠手吃饭；有的人靠脚吃饭；有的人靠脑吃饭；有的人靠脸蛋吃饭；有的人靠×吃饭……人要吃饭，必然要靠身体的某个部位，但靠不同的部位吃饭结果大不一样。有人成了伟人名人，有人成了犯人罪人，更多的人成了普通的人。

上午，接受两位记者的采访，他们问：“你建议稿费起征点应该是多少？”

我答：“现在，北京普通员工的工资纳税起征点为每月3500元，那么，对于一年写一部书的职业写作者来说，其稿费起征点至少应该是3500×12=42000元。”采访缘起于我在今年4月10号发的一条微博：强烈呼吁提高稿酬版税起征点！过去工资低，普通人月工资四五十元，作家稿酬八百元起征；如今普通人月工资提高了N倍，稿酬版税起征点仍原地踏步！

这条微博至今在新浪被阅读超过百万，被转发近1500次。得到了包括中国文著协洪波维奇、著名作家方方、著名法学家李玫瑾教授、中国发展出版社社长包月阳和新媒体产业联盟主席、人民网前总裁何加正等的关注和支持。李玫瑾教授特意留言说：这涉及脑力劳动者的权益。另外在腾讯微博、网易微博也得到无数博友，尤其是写作者的支持。记得大约在4月23日时，盛大文学侯小强先生也曾发微博：正式出版物稿酬个税起征点仍然是800元，而且税率是14%。我们今天已经向相关部门正式提出申请，希望将这一数字提高到3500元。一个国家的未来与文化产业息息相关，而写作者正是其中最重要的一环。

盛大文学侯小强先生建议的3500元起征点，有讨好相关政策部门的嫌疑。我想他比任何人都清楚，这3500元只是一个人月工资的起征点，全中国没有几个作者能保证自己一个月写一部书并出版。作家的工资不能按月算，按年算还算适宜。

有网友说，过去的800元标准是工资的20倍，现在也应该是20倍才合理，照此计算，稿费起征点应该是70000元。的确如此，但我们现在的要求并不高，若能达到42000元的起征点就相当满意了，70000元恐怕只能作奢望。

中国式嘴脸

每次外出，都喜欢去肯德基或麦当劳，因为我知道，那里食品价格不离谱，质量尚可，无论在繁华商街，还是机场。而中国饭店则不敢去，一是价格没谱，二是质量没谱。老外重口碑和长远效益，中国人只重眼前暴利。所以，中国人开饭店，少有长寿。无诚信，无长久。

对中国人来讲，吃永远都是一件愉快的事，这大约与国人自古多饥寒有关。中国人喜欢请客吃饭，许多会议室、办公室不能解决的事，在饭桌上给解决了。当然有些中国人的爱好可能更进一步，在饭桌上解决不了的，就放到床上解决。

中国人的办事习惯，直来直去多半行不通。曲径通幽，唯有走曲径也才能把事情办成。由此可知，中国人为何热衷于迎来送往、广交朋友。唯有人托人，人央人才能最终心想事成。中国人大部分时间和精力就耗在这上面，所以自古至今，中国人的效率都不高。

中国人大都宁愿相信领导，只要领导说的就以为完全正确。这风气转到对明星的崇拜上，只要和明星沾边，中国人就乌泱乌泱地盲目跟从。甚至明星得了脚气，他们都恨不得自己也患脚气。人性的可叹，也就在此。

中国人一旦说到别人身上的问题，总爱表现出义愤填膺、大义凛然状，好像自己就是个圣人。实际上声音最大的那个，常常是自己身上跳蚤最多的那个。

每个人都觉得自己最明白，每个人讲起道理来都头头是道。为什么还有那么多糊涂事？因为大多数人往往说起来一套，做起来又一套。现代人不是太傻，而是聪明过头，常常费尽心机想给别人挖坑，结果自己掉进去了。

浮躁，是每个时代的特征。试想：哪个时代没有浮躁呢？蠢蠢欲动，头脑发热，自欺欺人，被人嘲笑，嘲笑他人，疲于奔命，碌碌无为……所谓的明月清风，竹林七贤，都只不过活在后人的想象中罢了。

中国人的虚伪俯拾皆是，比如，我们总能听到“相关部门”、“相关利益集团”等说法，其实大家都心知肚明，究竟说的是哪些部门，哪些利益集团，甚至哪个人物，但我们谁也没有勇气点出名来。

中国人说话，从来不说清楚，模棱两可。你可以这样猜，也可以那样猜。接下来如何做，全靠你自己琢磨。你不能说中国人狡猾，也不能说中国人聪明。因为这就是中国人的习惯。也是中国人与西方人最本质的区别。

我们常常把外国客人的褒奖话，当作盛赞来大肆炒作般自我炫耀。殊不知人家只是客人，只不过是在做客时对主人说的几句客套话罢了。奉劝那些自我感觉良好的中国人，万万不可再自欺欺人地把人家的客套话当真了。

在一个法治不健全的国家，讲道德是可怕的。道德只能约束遵守道德的人，而法治，才能震慑恶人。和恶人讲道德，无疑是对牛弹琴，甚至是自取其辱。法治不健全固然可怕，有法不依，执法不严，则更令国民失望。

只看不说，是一种境界。许多时候，闭嘴的人比张嘴的人知道得更多，也更聪明。但我还是佩服那些勇于张嘴说话的人，如果人人闭嘴，世界则寂而无声，那么人人就都成了聋子。聋子的世界是可怕的，而只做不说的聋子世界无疑更恐怖。

万事皆有因果，中国人大多只看到果，而没看到因，就对人挥以道德的棍棒。好像自己感到了义愤填膺，自己就很高尚，其实是因为你没有处在局中。如果是你，你可能做得更过！中国人很少能做到客观看问题。

中国人很喜欢群殴。有一人带头出手，立即就有追随者抬脚。于是，你一拳我一脚打个痛快。也许那人该揍，但还不至于落到老鼠过街的程度。法不责众，恐怕是很多中国人热衷群殴的原因。这种心理很小丑。这种恶习不改，也许有一天，你也会成为那个被殴的人。

冷血动物不等于其血液是冷的，其体温随着温度变化而变化。毒蛇中的金环蛇、银环蛇和蝮蛇都喜欢夜间活动，因为它们具有热敏感器官，能觉察到其他动物的体温，从而借着夜幕发动袭击……在生活中，我们得时时处处小心“毒蛇”。

在古罗马的特洛伊战争中，战神阿克留斯战无不胜，且刀枪不入。但这位上帝的宠儿也有死穴，他的死穴就在他的脚后跟儿。于是某一天有个人一箭射中了他的脚后跟儿，战神倒下后再也没有站起来……生活中每一个人都有自己的死穴，无论他如何强大，如何不可一世。

西方人傻大笨粗，四肢发达，所以中国的篮球和足球都玩不过人家；中国人最善于玩心眼儿，乒乓球不需用蛮力，多用手腕功夫，所以中国人的乒乓球在世界上玩得最好，无人能敌。

在中国，很简单的事情，因为有了人的掺和，最后都变得复杂了。好像有些人、有些单位，就是为了把简单的事情弄复杂而存在的。中国人爱研究人事，外国人爱研究自然。所以，中国的人事关系是一门很深的学问，而国外的自然科学发展很快。

喜爱倚老卖老，大约是人类本性使然。60年代的人，说70年代；70年代的人，说80年代；80年代的人，说90年代；90年代的人，正准备说零零年代……如此循环下去，如愚公移山，子子孙孙无穷匮也。喜欢对年轻人指手画脚的人，常常是那些自己身上毛病忒多，却自己看不到的人。

城市，越来越像富人的天堂，穷人的地狱。富人可以用钱买到一切，穷人只能为钱卖命。人都是逼出来的，我们一直讳言，其实人类和动物一样是弱肉强食的。要想生存下去的唯一办法，就是必须提高自己的能力，让自己变得强大而不被弱肉强食掉。许多自然法则同样适用于人类，只是太多的人不愿撕掉那层华丽祥和的外衣罢了。

名人就是一盘菜

中国没有真正意义上的恐怖片，中国的恐怖片都像是被阉割的太监。

有记者问：最近《泰囧》、《北京遇上西雅图》、《致青春》票房大好，说明了什么问题。俺答：并不是说明那些导演、演员有多牛气，而是说明我们现在正陷入通货膨胀经济危机的泥潭中。

据说，以下段子为王朔所讲。有人采访李敖，把他和王朔作比较时说：你们很像，都爱骂人。李敖质疑说：他能和我比吗？他骂的都是什么人，我骂的都是能让我坐牢的人。有人把这话说给王朔听，王朔冷冷一笑：我也敢骂能让他坐牢的人，他敢骂能让我坐牢的人吗？

名人们从来不缺少段子。有些确曾真实发生，而大部分都是杜撰。有些是别人杜撰，有些或根本就是名人本人杜撰。段子是最好的宣传营销渠道（没有之一）。你拍部电影或电视，可能还不如一个精彩段子更能让人记住。古往今来，许多名人往往都是杜撰自己段子的高手。

国庆几天，总在电视里看到各色演员明星，无论是港台的，还是中国籍已经悄悄迁到“美利尖”、“英格烂”的，统统在电视屏幕上声情并茂说自己如何爱国。脑海里就忍不住闪出古人名言——“戏子的嘴和戏子的眼泪最不可信”。古人今人后人，大多如此。戏子的脸千变万化，戏子的嘴最不可信。古代宫廷也常常有歌舞升平……不要相信戏子的眼泪，犹如不要相信农夫遇到的那条蛇。

有记者问：戏子和人类灵魂工程师的区别？答：面对社会不公、热点、焦点问题，那些充而不闻、视而不见，只一味在镜头前卖弄风骚的，不是戏子是什么？只有那些关注社会现状，敢于借助自己的影响，为民众鼓与呼、鸣不平的，才佩得上称“人类灵魂工程师”。

但凡功成名就的艺人，没有一个不是聪明人。但是这样的人却极少能像伊能静那样，敢于为民众言，敢于批评时政，为社会进步鼓与呼。何也？不是他们看不到，想不到，做不到，而是怕引火烧身，明哲保身而已。所以对于这样的所谓成功艺人，不妨称其“戏子”，有何不可？

站到绝大多数人的对立面，遭千万人的唾骂，你就可以出名了——而今的许多社会名人就是走的这条“成名之路”。在希望引人关注的办法中，骂名人自然是最佳捷径之一。但许多名人也实在该骂，所谓“为名人而不自尊”，招骂就是自找的了。况且某些名人为了使自己不至于OUT得太迅疾，还盼着别人来骂，骂的人越多，他（她）越偷偷地乐。我们可以扳手指数下，演艺圈中当红的女演员，哪个不是靠博骂而成名的？

多年前采访雪村，谈到盗版歌带。雪村冷笑：那些名气不大或者尚未成名的歌手，巴不得别人盗他的版哩！“被盗版”实际上成了作品是否热销，歌者是否已成明星的标签。

这个伟大的时代，傍名人与傍大款同样随处可见。没有名的想傍个有名的，小有名的想傍个大有名的。傍大款是希望从大款那里得到好处，傍名人当然是希望从名人身上借些名气。水往低处流，人向高处走，人性使然，不足为奇。

前夫，即从前的丈夫，也即从前的性伙伴。看到某些女演员大谈和她前夫如何如何，忍不住就怀疑：她是想以此作为炒作原料，犹如在大庭广众面前，曝光自己以前的性生活。过去的事情最好不要再提，否则就有二次越轨之嫌。

宋丹丹总结女演员的星途：很漂亮，能出名；很聪明，也能出名；如果一个女演员既很漂亮，又很聪明，那她就应该练签名了，一定有很多人请她签名的！

赵本山是一位艺术天才、小品大师，堪称艺术家。看到他患病的消息，很为他担心，脑海甚至出现一个他再也不能上舞台的画面。祝福他早日康复，继续推出精品！与那些“圈养动物”相比，赵本山是野生动物中最优秀的。他的成绩说明了一切，不靠圈养，艺术事业会更好！

看赵本山和他弟子们的极富生活气息的精彩小品，听赵本山讲他弟子们的话：他们都不是什么艺术家，他们就是普通百姓，演的就是他们自己的生活！反观那些被圈养的自认为艺术家者：他们高高在上脱离生活，一味歌功颂德，结果灵感枯萎，江郎才尽。原因亦在于此。

幽默、风趣、搞笑、好玩，老少皆宜。幽默、风趣、搞笑、好玩，同样需要一定的智商和深厚的功力，搞不好就成了耍贫、瘪三，人见人嫌。

赵本山具有农民身上的许多劣根性，但古往今来能把农民文化如此发扬光大者，实属罕见。所以，即便说赵本山骄傲了，他也有骄傲的资本。放眼中国的当下，有几个能深入细致、具体入微地表达农民情怀的，除了赵本山，好像没有别人。

缺了赵本山的春晚，就像一道精心准备的盛宴缺了主菜。回顾赵本山的小品，与其他那些春晚小品最大的区别，一个是本真朴实、不动声色地令人捧腹，一个是大呼小叫、吱哩哇啦、死命挠观众的胳肢窝。脱离了群众的艺术，已经不再是艺术，不过是少数几个人的自我欣赏罢了。

无论黄宏还是潘长江，与赵本山相比，他们对小品的把握，都差那么一点火候。看他们的作品，知道那是在演小品。看赵本山的小品，却感觉不到是在演小品，而是在看最细微的人性。

好演员得学会被人物灵魂附体。演汉奸得被汉奸附体，演警察得被警察附体，演周瑜得被周瑜附体……这样才能做到演谁像谁。在这方面做得好的并不多，梁朝伟是中国少有的几位可以做到能让戏中人物灵魂附体的演员。太多的所谓明星演员，他们大都不是在演戏中人物，而只是在演自己所理解的人物罢了。不知道为什么，越来越觉得成龙像个商人，刘德华有些爱作秀，梁朝伟才是一位真正的演员。

明星为了钱，可以做虚假广告欺骗广大消费者。那么如果说明星为了钱，或屈于权势而贱卖其身，就一点也不奇怪。一线明星做大企业广告，上中央电视台；二线明星做小企业广告，上地方电视台；三线明星做非法广告，先上地方电视台，后上中央电视台——作为反面教材，免费上。

侯耀华说：世界上无广告不夸大。他只不过是说一句实话罢了。他问：做非法广告的收益电视台更大，为何不追究？问得有道理。所以，电视台曝光侯耀华代言虚假广告，天下乌鸦一般黑。谁也别说谁！而受苦被害的只能是老百姓！

好的男演员，重要的是掌握两点。第一，要有爆发力；第二，要会拿捏自己的爆发力，懂得何时爆发，何时隐忍，要学会不怒自威，像个爷们儿。如今的好男演员并不少，比如很少再演戏的姜文，比如陈道明、李雪健、李保田，以及孙红雷等。

再看《梅兰芳》，黎明真是个角儿，孙红雷的确很会演戏。章子怡也演得到位……陈凯歌不是白给的，片子果真做得精致！电影《梅兰芳》是部不错的片子，把梅兰芳一生精彩的部分都反映出来了。以他和邱如白的相识为开端，以他在日本失败后重返舞台结束。个人命运与国家命运如此结合，好！

评赵忠祥：撕下伪面具，活出真性情。这种突破值得肯定。希望央视的其他主持人向老赵学习，别总装得苦大仇深。人如果总是端着个架子，就跟僵尸无异了。这个年代还是多点娱乐精神为好。

张艺谋指导的大型歌舞剧《图兰朵》，正在国家体育馆鸟巢演出，停车场和道路两边停满了各种豪华轿车。观众中不懂装懂、附庸风雅者居多，真正能看得懂听得懂的有几人？艺术的悲剧在于，它常常沦为有钱有权人的玩物。古代如此，现代如此，将来恐怕亦如此。

演艺娱乐界的草根明星，比如小沈阳、王宝强、李玉刚等，与那些科班出身的相比，他们身上有更多生活的鲜活与丰盛，他们所具备的创造力、坚韧性也更强大。这却更清晰地反衬出科班教育的机械与俗套、僵而不化，反衬出国家圈养衣食无忧的弊端！没有压力的艺人，最大的损失是——失去艺术生命力。

越来越喜欢郭德纲，说学逗唱功夫样样了得。郭德纲由非著名相声演员到著名相声演员，一步步走来，靠的是扎实的功底，百炼成钢。再看那些国家圈养的相声艺人们，说相声的却不在相声上下功夫，只想走旁门左道……面对野生动物郭德纲，不知道那些圈养动物们，是否会感到羞愧无颜？

刘翔，已不仅是一个体育明星的名字，更成为一种跌倒后重新站起的符号。人们关注刘翔，是希望看到一个历经波峰波谷周折的人，重新步入他风光亮丽的人生辉煌。而这也几乎是所有人心中对自己的梦想和期望。祝福刘翔，也祝福我们自己！

李连杰，因演电影《少林寺》的和尚而一举成名。此后闯荡香港、好莱坞，成为国际巨星。后却在旅游中遭遇海啸，差点丧命，遂决心行善，成立壹基金，据说还信佛。李连杰似乎与佛有缘，因演和尚始，到如今的信佛，不知以后他会否出家？命运轮回，冥冥中有什么在操纵吗？

奥运跳水冠军郭晶晶售出一套自己的住房，价格几乎高出同社区房屋的一倍。如果刘德华等名星们也纷纷效仿，处处购房后再倒手卖掉。借着明星的光环，那价格还不得翻着跟头地涨？这无疑是名人做广告赚钱之外，又一条发财之路。国家取消投机倒把罪，会不会是个严重错误？！

美国SAS科学研究小组最新研究发现：“伪娘”爆红原因，在于这个国家长期实施计划生育政策，人们普遍重男轻女，结果男多女少，阴阳不平衡。“男扮女”艺人的走红，说明阴阳平衡的自然规律不可违背，当阳多阴少时，必然出现“以阳充阴”现象。

张丰毅是我所知的演员中最神奇的一个，平常表情木讷，神态僵硬，而一旦进入戏中，则举手投足，神态细腻而丰富，可谓——活色生香！

还是喜欢毛阿敏的大气，歌声大气，人也大气。歌坛上，哪些人是为艺术献身的，哪些人是混混，时间久了就能看出来。时间不仅检验真理，同样也能检验人。后来看到毛阿敏做访谈节目，才发现自己从前的一些观点错了。原来她是面对镜头，不善言谈，更不会插科打诨。有些演员只擅长一类角色。只演自己适合的，才有出路。

没有理想或没有出路和希望的时代，艺人自杀的比较多。因为，艺人是比较敏感的人群。妻子评论38岁吞安眠药自杀的著名黄梅戏表演艺术家严凤英：搞艺术的，活得一点也不艺术。

做名人，一定要小心苍蝇、蚊子和臭虫。一旦被这类人黏上，虽然他害不死人，但却会恶心死你。所以，名人切记远离苍蝇、蚊子和臭虫。

不要鸡蛋里面挑骨头了。那些嘲弄于丹，甚至当众想侮辱于丹的人，只不过是出于骨子里的嫉妒罢了。试问：除了于丹，又有哪个人，无论他是学者大师，或者普通文化从业者，能把中国古老深奥的文化，通过如此优美且通俗的语言，表述传达给大众，并为绝大多数大众接受呢？

河南人所有的禀性，中国人都有；河南人骨子里的中原古老文化，其他地方的人未必都有。看冯小刚新作《温故一九四二》，认识河南人的骨血，认识中国人数千年血脉……

冯小刚因舒淇被揭当年旧事而发怒。我想根本原因并不是说舒淇担纲过他的影片的女主角，而在于他是一个女儿的父亲。对于每一位女儿的父亲来说，无论她犯什么错，都可以原谅。女人有两个至高无上的身份，一个是女儿，一个是母亲。

看到名人面对公众侃侃而谈，就忍不住想：人天性都有虚伪的一面，即便是这些貌似光鲜的名人，也会有见不得人的秘密，他们至死都不会告诉任何人。

不要迷信名人，名人也是人。吃喝拉撒睡，小肚鸡肠，臭显摆，虚伪，自以为是……锅碗瓢勺，名人也有一本难念的经。有些所谓名人，太自不量力，人家把他当神，他就以为自己真是个神了。其实，神往往只是个泥胎，一敲即碎。

狗或其他

把遛狗当作遛狗，会觉得养狗很麻烦；把遛狗当作散步，会觉得这锻炼活动不错；把遛狗当作观察生活的窗口，会觉得这是个机会……做同样一件事，出发点不同，心态不同，收获也大不相同。学会在日常生活中寻找意义，人生也就有了价值。

遇到那些在其主人面前，对你的到来汪汪不断的狗，大可踹它两脚，骂一句：畜生！至于那种主人门锁高挂时，仍对你的到来横眉立目的狗，不妨敬而远之，称一声：可爱的东西。

出门遛狗，遇一流浪小狗，绝对高贵品种。我们停，它亦停；我们走，它亦走。我们回家，它夹着尾巴跟了来。那可怜巴巴的样子仿佛在说："我很乖，收下我吧！"料想这高贵流浪狗一定有过豪华奢侈的生活，而今被主人遗弃……忽然想到："狗腿子"们其实都挺可怜！

看见遛猫，眼睛一亮。社区里常见的是遛狗，遛猫很少听说，更少见。每个人都有每个人的活法，不要苛求所有人都和你一样步调一致。只要不违法，只要活得自在快乐，有何不可呢？

狗自有它讨人喜欢之处。比如，走进家门，狗常常表现出比人还强的热情。不但冲着你、围着你摇头摆尾，还要直立后腿、高举前腿一跳一跳紧追你，一副不抱一抱它就势不罢休的架子。由不得你不心生怜意，张开双臂把它高高举起。如果把狗换作人，家里的氛围岂不要和谐百十倍了？

狗最没耳性，屡教不改。比如，狗天性爱和人在一起，所以无论何时何地，它都愿紧挨着人或坐或站。有时候你聚精会神做事，不小心移一下脚步，下面就会传来狗委屈的痛叫——你踩着它的尾巴或脚尖了！没过两天，脚底下又是一声。如是再三再四再五再六，狗却从不悔改！

在漫漫岁月长河，狗在与人共处中，渐渐学会了愚忠，以及献媚与讨好主人。而且后来变成了基因代代相传。因此我相信同为动物的人类，在某些人的身上，已具备了这样愚忠、献媚与讨好主人的基因，老子如此，儿子如此，孙子亦如此……这不能不令人怀疑，在不可知的未来，有一些人可能会进化、演变成狗。

狗比人更忠诚，尽管狗更多是出于本能。但人在本能之外，因为辅以聪明与理智，就变成了虚伪与奸猾。臭显摆是人的本性之一。就像狗得到一块骨头，总想叼着在同伴们面前晃一晃。“瞧，我有骨头，你们没有。”它不是不知道，自己的骨头也是别人施舍来的。少点臭显摆，多点大实在。鞋穿在自己脚上，舒服不舒服只有自己知道。

点点是只小公狗，每天晚上我都要出门遛狗。刚才在马路上遇一漂亮少妇，伊手中牵一只雪白小狗。点点立即表现出异常兴奋，奔过去亲昵，并很快有非礼举动。漂亮少妇大惊诧：“怎么不看好你的狗，我家细妹才三个月！”我连忙道歉：“对不起，它这属于猥亵幼女，我这就送它去法院。”

点点是一只小型犬，带它在社区散步，遇到一只大型女犬。点点立即扑上去要骑人家。我担心大型女犬的主人不乐意，刚要上前阻止，那主人说：没关系，它够不着。果然，点点在那女犬身后紧忙乎，累得呼哧呼哧，就是够不着。急得点点快要哭了。回到家还在郁闷呢！我担心它恐怕要几天不进食了。

狗和人一样，小时候由于功能发育不全，自控力比较差。有一次，我出差数日，回家进门，小狗激动得汪汪直蹦，再看地上，不知何时出现白亮亮一片。原来，狗见俺回来，一激动就尿了。那次，俺没生气。至今，家中有人外出久了要回来，都会事先让狗出门尿尿——怕它再一激动，又失控了。

点点因为咬架，背上被咬了两个血洞。抹了红霉素，裹了个灰布条。出门散步时，许多人见了它都惊呼：日本武士道呀！晚会办得很热闹，妻子与女儿看得津津有味。但点点卧在客厅，屁股朝着电视机。看来，它好像对晚会不感兴趣。哎！再好的节目，也不能满足所有观众……

上海某小区，一只流浪狗在一幢楼下生了两个狗崽儿。楼上一对夫妻嫌吵，在狗崽身上浇油，然后点燃。两狗崽被烧得面目全非。那只母狗不言不语，在那对夫妻居住的楼道下蹲了三天，吓得那对狗男女三天不敢回家！仇恨是最可怕的！千万不要让自己被仇恨。

一只宠物狗被人从23层高的楼上扔下来，当场摔死。傍晚，我遛狗路过那幢楼，见一只狗正仰着脖儿往楼上死死地看，疑惑道：“这只狗在干什么呢？”那狗开口答：“我在等把我扔下楼的那个家伙。”

早上出门遛狗。狗在马路旁一雪堆上撒尿，哗哗哗竟尿出一张人脸来。那哥们翻身坐起，抹了一把脸上热轰轰的狗尿，脱口说：“TMD，昨天晚上喝得是有点高！”

吃过晚饭，出门遛完狗回来，一抬头，发现门上贴着大红喜字，左边：百年好合；右边：恩爱如山。心中诧异：老婆这办事效率忒高，这么快就另组新家了。再细一看，我家住三楼，自己不留神儿已上到了四楼。

周日晨六点，狗吵吵要出去散步。迷糊中带它出门解小便、拉大便，回家，关门，上床，继续睡。三小时后，刚睡醒的妻推醒我，问：“狗呢？”满屋没找见，急推开窗往楼下看，狗站在楼下的小树旁昂着头——苦等。

相比说话与倾听，人类更喜欢倾听。许多人爱养狗，是因为它不会像人一样乱说话，不会像人一样用语言伤害自己。语言有时候比利刃更有威力，它可以杀人于无形。而狗是一个最忠实的倾听者，它能充分满足人被追随的渴望。

夏天都过去了，忽然发现屋里出现了坚强的蚊子。嗡嗡嗡，叮在身上又痛又痒，搅得人睡不着觉。索性去买了灭蚊剂，喷洒了，安静一两天，又见到蚊子的靓影。嘿，秋后的蚂蚱蹦跶不了几天，这秋后的蚊子还真能折腾。啪，我双掌用力，拍死一只半空中的蚊子，眼前又飞过一只。蚊子啊蚊子，我爱你死……

早上，小区里几个养狗的主人在交流。前两天有人在奥林匹克公园外的广场遛狗，忽然来了城管，当场把没有狗证的狗全部缴获，有些狗吓得当时就浑身哆嗦。有狗证的主人回家拿了狗证去领，没有狗证的拿了钱去领。没狗证没钱的，狗的命运有两种，高贵品种的被人家卖了；杂狗则直接卖给狗肉馆。

大雪是一只高大威猛性情凶悍的狗，可能吓到谁了，人家报了110。110来敲门时，主人死活不开门，大雪这才逃过被带走的命运。为防不测，大雪被主人送给郊区的朋友代养，国庆节才又把大雪接回来。所以，大雪很感谢国庆节哩！

谁说狗听不懂人话？我家点点狗天生不爱洗澡，如果你对它说：“洗澡！洗澡！”它立即扭头就走，比与你说分手的姑娘溜得还快！点点因为打疫苗、受伤，一个多月没洗澡。妻子刚刚给它洗了澡。往常，点点洗完澡出来，总要又蹦又跳，拿脑袋在地上蹭，弄得哪里都是水星儿。所以，得先把它关到阳台上。这会儿，它正在阳台上哼唧：“为什么给偶洗了澡，还要关禁闭？为什么呢？为什么呢？”

晚上十点，出去遛狗。点点把大便拉在马路上。我身上没带相关工具，只得在旁边寻了一根小棍子，把那秽物拨向路旁。不知为何，忽然感觉自己像是“偷地雷的”。广场上一小伙子在点点面前跳舞，点点冲它狂吠。旁边有人劝道：“小伙子别跳了，你那舞差得连狗都看不下去了。”遇一美女。狗扑上去又亲又吻，美女吓得失声尖叫：“流氓！”我急忙向周围人解释：“是流氓狗！”

我家点点狗体型偏小。散步时遇到三只大型犬，点点狗便开始发出呜呜叫。我呵斥道：“个子小，还想和人家打架？”懂狗的人说：“它不是想打架，是因为看到比自己个子大的狗害怕了。大狗以为小狗这是在挑衅，它们可能因此就真的打起来。”其实，人和人之间的矛盾或战争，十之八九都由误会引起！

点点是只小型犬，社区里的烟头是一只大型犬。每次点点遇到烟头，汪汪一叫，烟头立即倒地做投降状。世界上两种人比较多，一种人把自己看得太渺小卑微，见到什么人都做俯首称臣状；还有一种人则太自大，横着走路，唯我独尊，老子天下第一。这两种人，都不可取。为人处事，不卑不亢为好。

遇到陌生狗，即使再可爱，即便它的主人如何声明它温柔敦厚，也不要摸它。可爱只是你的感受，温柔敦厚只是对它熟悉的主人。如果你伸手触摸，就可能被猛咬一口。或许它并不是有意，只是不耐烦陌生人的亲昵，猛然张嘴甩头，你再猛然抽回手，就有可能被它尖利的牙划伤！这种事我不只看过、听过N多次了。

儿不嫌母丑，狗不嫌家贫。狗对主人是绝对忠诚的，所以狗很讨人类的喜爱。但如果某个人像狗一样，不分好坏、不分善恶地忠诚他的主人，则是这个人最大的悲哀。可悲的是现实社会中这样像狗一样忠诚的人，还不少；更可悲的是，喜欢像狗一样忠诚自己的人，也不少。人类就在这样的愚忠中，放慢了前进的脚步。

哈巴狗紧跟着主人，让它往东，它决不往西，让它吃狗粪，它决不吃牛粪。哈巴狗从主人那里得到了他想得到的东西——食品，主人从它那里得到了想得到的东西——被仰望与尊敬。一个获得肉体的必需，一个获得精神需求。动物与人之间有这种关系，但聪明的你，告诉我：在人与人之间就没有这种关系吗？

晚上出门遛点点。遇一骑自行车的大姐。问：“大叔，115号楼怎么走？”我热情地答：“闺女，对不起，俺不知道。”女大姐道谢离开。我独自站那里生气：就俺这点儿年纪，叫俺大哥足够了，竟敢叫俺大叔。俺偏不告诉你，俺就住115号楼。

夏天时候，去会一短裙美女。美女带一小猫，小猫在美女足边嬉戏。美女问：“小猫美否？”我答：“小猫很美，小腿也很美。”现在回想，仍禁不住开心一笑。谢谢小猫，也谢谢美女。世界上但凡美的，总能让人产生美的回忆。

生活杂拌

不要对生活抱有奢望，但不能不对生活抱有强烈的希望。奢望是不自量力的表现，希望则彰显你对生活的信心和力量。

知足常乐，或许是人对自己无奈的调侃。对自身现状的不满，方是人发奋进取的动力。

我平时作息制度很严格，早晨六时起床，白天一天写作，晚九时上床。但逢节假日，就会随意且放肆一些。人天性懒惰、自由散漫，所以周六周日可以晚睡晚起，睡到自然醒。人就像一张弓，如果总是紧绷着，早晚会断弦。约束自己是为适应人类共同的游戏规则，放纵自己则是为适应自己的生理需求。有张有弛才符合生命的自然。所以，人一定要学会放松自己，而适当的放纵会更有助于身心恢复。

中午吃饺子。去菜市场买韭菜和饺子皮，炒鸡蛋，加盐加香油加姜末儿，调制成馅。河南人说：好吃不如饺子！饺子除了好吃之外，还有一家人围坐桌子包饺子时，那份用再多金钱也无法买到的亲情。在悠闲快乐的时光里，品尝饱蘸了爱的饺子，味道自然比饭馆里的要好。

习惯从小养成，是很难再改的。比如，从小吃面条的人，很难让他日日吃米饭；从小吃米饭的，很难让他天天吃面条。我儿时在乡下，极少吃水果，所以没有吃水果的习惯。妻子买了苹果、葡萄、橘子等放在那里，我总是视而不见，直到它们霉变烂掉，我也懒得吃。而我的女儿，每天离开水果，就好像生活中缺了什么似的。

一般人的假期情绪线路图：假期将临，有些高兴；假期开始，很是高兴；假期过半，有点郁闷；假期将尽，有些痛恨；假期结束，次日要上班，十分痛苦！什么时候还能过长假啊？

小时候在乡下，家家户户堂屋正墙中央要贴毛泽东像。孩子们最爱玩的游戏是，从堂屋左侧走到右侧，从右侧走到左侧，再从左侧走到右侧……一边惊喜地叫着："瞧，毛主席在看我走哩！"那时觉得非常神奇，毛主席的眼神真的可以跟着你走，你走到哪里，他就看到哪里。现在，在偏远乡下，还可以看到毛主席大头像。

去大栅栏老字号内联升。妻子看中一双小布鞋，坚持要给女儿买。并告诉女儿："你两三岁时，妈妈就给你买过内联升的布鞋穿，特别养脚。"妻子又说："我看到这千层底的布鞋，就想起小时候妈妈给我做的布鞋。"我以为：妻子并不是因为内联升是老字号才要在这里买鞋，她是想找回童年时代的一种感觉罢了。

去核桃的硬壳至少有两种方法。第一，用小锤砸；第二，把核桃放在门和门框之间，核桃的硬壳棱线最好与水平面保持平行，然后轻轻关门，把核桃壳挤烂即可。切记不要过猛用力关门，不然把硬核桃壳挤碎事小，挤伤自己手指事大。祝你好运。

节假日时，有人偏爱去饭店吃饭。还有一种人以自己常常在饭店吃饭，不在家生火为荣，且洋洋得意。我想说的是：不到万不得已，最好不要去饭店吃饭。理由只有一个，人的本性是偷懒的，本该洗三遍的青菜，饭店里可能只洗一遍。其他还有……你自己想去吧。所以，自己动手，丰衣足食永远是上策。

补记：早晨买菜，一位北京大爷说起他在某菜市场亲眼目睹做菜包子的。那人把洋葱拿来，也不剥皮，直接剁碎了包馅儿。大爷问："也不洗一洗，这怎么吃啊？"——谁让你偷懒不自己动手做哩，活该！

小时候，离开农村的家，到五六里外的镇上去读中学。读鲁迅的文章，觉得"故乡"两个字特诗意，便在自己的作文中假模假样地写"我的故乡啊……"直到如今，离开故乡一二十年了，每每再想到"故乡"两个字，那种乡愁滋味却无法用笔去记述了。

过去老北京风味，现在哪儿有？焦圈儿没原味，豆汁儿没原味，油饼儿、豆腐脑儿，都不是原来的味道了……隆福寺小吃，全是外地人在做生意。现在所谓老北京风味，都是骗外地人的。再过一代人，就没有人知道什么是北京风味了（听俩老北京聊天）。

我看到每天，人们大包小包往房子里拿东西；我看到每天，人们大包小包往房子外面拿东西。房子就像处理器，把一切拿进去后变成了垃圾再拿出来。直到有一天，拿东西的人自己也变成垃圾被抛向尘埃。人类无法让生命永恒，就让爱永恒吧，至少不要让爱像垃圾一样逝去！

如果一个人和镜中的自己，对面而立，对面而视，十分钟、半个小时，他一定有空前惊人的发现，会惊奇自己原来是这样啊，那眉那鼻那唇，这就是自己吗？我们因为生活的种种，常常陷入苦思冥想、孤独焦灼之中，不能自拔。如果你拿起一面镜子，注目那镜中的自己一刻钟，一切或许有大改变。

一个人独自在家的种种好处：第一，被子不用马上叠，中午午睡接着用；第二，碗不用立即刷，等到中午接着用；第三，喝啤酒可以不用玻璃杯，直接用嘴吹；第四，可以同时霸占电视与电脑上网，不用担心有人来争抢……

近视眼的缺点实在是太多。比如，在中秋节的晚上看月亮，月亮是模糊的双影儿。如果嫦娥真的从月亮上走出来，看嫦娥也是模糊的双影儿。错过看清美女的绝佳机会，全都是近视眼的错！

经济学没有什么神秘的，它的整个理论和小商贩的生意经是一样一样的。你看得懂小商贩的伎俩，也应该能明白经济学的大概。比如房价的涨跌和肉价的涨跌有什么区别？大同小异罢了。

富人定律：富一代拼死拼活创下丰厚家业；富二代花天酒地挥洒自如；富三代受尽折磨，苦苦支撑，无力回天，最后一贫如洗……古往今来，大抵如此，故谓富不过三代。

现在许多人认为九是个吉利数，其实，九并不好，因为九已到了顶点，九九归一,一切都得从头开始。所以，如果你29岁、39岁、59岁、79岁，那么就提前过30岁、40岁、60岁、80岁生日吧。避免那个9字，或许会好一些！

中国人万事都追求十全十美，孰不知月圆必亏，盛极必衰，物极必反。所以做事不必做到极好，留点小瑕疵、小遗憾、不完满，或许更好。

诗人小三说：进药店的并不都是买药，也有去买安全套的。相比来讲，药店的安全套比街边小店的安全套要安全。以防万一,万一泄露，就涉及造人工程与千秋万代大事……哎，假冒伪劣真害死个人儿!

你想知道你爱人和谁打电话、发短信吗？我公司可以制作智能卡，可听到对方的通话，拦截短信。联系电话135540254××。许多生意人，就是这么无耻！但据说，顾客还不少。科技真的是一把双刃剑！这个社会越来越让人看不懂了。

北京大妈讲婚娶：解放前，有钱人家用八抬大轿，一般都是三台轿，新娘坐一个，媒婆坐一个，送亲的坐一个；新娘都是十字披红，大红衣服，喜庆。现在不用抬轿了，都改林肯加长车，三拉门，一溜七八辆真气派；新娘都穿一身白的婚纱！时代不一样，坐骑穿着也不一样。

女儿学校旁边，有位大妈终日露天摆摊理发，板寸5元。我住的社区有美容美发店，板寸45元。我对比过，两者理板寸水平半斤八两、不相上下。平常我都在露天大妈那里理发。要过节了，我准备去理发，妻子问：去哪里？我想了想说：去咱们社区的美发店吧。忽然想起一句电影台词：不买对的，只买贵的!

对于中秋节来讲，月饼就是鸡肋，请问，过这么多年中秋节，你吃过一个完整的月饼吗？对现代人来讲，月饼其实是用来送礼的。买月饼的人，未必自己要吃月饼；而吃月饼的人，未必是自己买的月饼！

中秋节这天下午四点去逛超市，月饼摊前，前两天卖价299元，现价99元。妻子问：大降价了，买不买？我说：不买，明天咱吃9元的。妻子说：你干脆等白送时来领得了。我摇头：我嫌麻烦，直接让他们作垃圾处理吧。

昨天一家人去天安门，专程去东郊民巷31号院看了看。十年前我们租住的那间檐下小房子还在。交接杂陈的院落、一抱多粗被围在墙里的古树、公共厕所都还在，和十年前相比没多少变化。在我们曾经住的小房墙外看到一则告示，这里从2009年9月到2010年10月也要拆迁了。只要一拆迁，就是天翻地覆的变化，这里可能要成为国际商务区了。

今天国庆，北京的天气出奇的晴朗。便想：是不是有关部门对天气进行了调控，把阴云驱散了。现在的高科技，让人连天气的真假都不敢相信了！——刚才看电视上采访成龙，主持人说今天是因为人工的控制才得到了好晴天！不知道自己该高兴还是该不高兴。

中国人为黄金周狂欢时，国外早实行了带薪休假，人家自己想什么时候休息，由自己来决定打理。然而，中国人习惯于“一起玩”，一起过“五一”、“十一”黄金周，如果你想带薪休假，那就是搞个人自由主义，领导不答应，同事也不愿答应。不知道这是中国人人性的丑陋，还是制度的落后？

2011年10月22日：白菜一斤三角钱，一下回到80年。真也假也信不信？超市菜摊试试看。今晨买菜，忽见白菜三毛一斤，一棵一元四。摊主径直递来，问：不装个塑料袋如何拿？摊主答：三角五进的，卖三角已赔了，所以不能送袋儿。罢了，俺高举一棵大白菜返家。

二十多年前，我10岁。拿了一角钱跑到六里外的小镇新华书店，想买本喜爱的小人书。但那一角纸币都快被我攥出水了，还是不舍得买一本9分钱的小人书。今天上午，在家里打扫卫生，从沙发下清理出两个一角，拖把将它们扫来扫去，还是懒得弯腰捡起来。不是我已经很有钱，而是现在的一角钱太不值钱。

有用和无用，轻与重的转换：一张银行卡，若里面分文皆无，就是无用和轻，扔进垃圾堆也未必有人捡。但同一张银行卡，若里面存十万，则有用和重。若存百万，则大有用。若存千万，则就会有人拿命去换，所谓重若泰山了。

勤俭节约是中华民族的传统美德，如今这种教化也渐次消亡了，取而代之的是拉动内需、鼓励消费。房子要以小换大，家电要以旧换新，潜台词是老公老婆用旧了也可以换，只要你有足够的钱。实在没钱也没关系，先去银行贷了，以后慢慢还……

鸡蛋24.5元，小贩又拿一枚放上，正好25元。拎袋回家，发现鸡蛋泄了半袋，仔细检查，有一枚破蛋，蛋黄与蛋清浸染半袋儿。回忆购鸡蛋情状，前面皆是自己一一挑捡，唯最后一枚由小贩添加。做生意的小伎俩，小贩把一枚烂壳鸡蛋滥竽充数。生活中的陷阱无处不在，宜时时当心。

去味多美为我家千金买面包。一进门，所有服务员异口同声："欢迎光临！"然，无一人是望着我的眼睛说话。这种服务领域的形式主义，并不能让"上帝"有丝毫心动，甚至连礼貌回敬也懒得做。见面打招呼，至少要望着对方，认真方显尊重。如果视左右而招呼，有，还不如没有。

回老家去看望一位多年不见的老师。谈到写作进度，我说：我现在每天要写8000至10000字。老师感叹：想当年放开了写，累死一天我也就写2000字。老师当年也是一位知名作家。我说：是没法比啊，当年1毛钱能买一斤大蒜，现在10元钱也未必能买一斤大蒜。我不拼命写，大蒜恐怕都吃不上了。

北京菜市场里一位大妈在叹息：菜都贵得吃不起了。专家们从去年过完春节就开始解释：菜价贵是因为春节的翘尾因素导致的。如今，又快到春节了，不晓得专家们对不断暴涨的菜价，除了"春节翘尾因素"理由外，还会找出什么理由？

一位80后女孩对我实话实说："来北京打工，没有别的目的，就是想给自己找个好的归宿。"不知为何，此话让我听起来，总有一种苍凉的感觉，人生难道仅仅是如此吗？而我的感觉，又似乎常常是错误的。我身边的几位女孩，的确是外地来京，找到了北京老公。现在还有了孩子，过得也还幸福。我们总对别人的生活指手画脚，但你的想法未必都对。生活的意义不是高尚，而是合适就好。

世界杯已成为情感宣泄的最好借口。无论男女老少，都可以借口球迷，把自己生活中长久积压的不满、委屈、无奈、痛苦……统统化成嘶叫和泪水在公众面前尽情宣泄。其实，每个人一生至少都需要痛痛快快大哭一场。

社会百态

在外面吃饭，饺子馅中吃出根长头发。妻要去找饭店经理，我道：要想吃真正干净的东西，只有自己在家里做。你既不想自己动手，又想吃地道的干净东西，在我们这个人人头脑灵活而缺乏有效监督的国度，恐怕很难实现。

清早去菜市场卖肉摊，见一五十多岁老男人，正在购买一大塑料袋的肉，包括肠、肥肉、肉皮等。袋子已包扎好，老男人复打开，捏一肥厚肉皮细闻。可能味道过于腐臭，他终于摇头。卖肉的摊贩退还他已付的10元钱，说：下午再来。回家后我严重告诉家人：以后莫再去小饭店吃包子炒菜！大饭店也尽量少去。想吃什么，自己动手。

“先生，请问一下！”“你请讲！”“先生，能给点吃饭钱吗？！”“……”刚才碰到的事儿，一老一小，老的四五十岁，小的约十岁。穿着打扮还算齐整，小的还略高略胖。如果让你遇上，你会给他们吃饭钱吗？

真实新闻：一个十五六岁外地少年，被老乡以代找工作为由骗至北京。喂他安眠药使他入睡后，用棍子打折他的胳膊。然后天天用摩托车带他去“碰瓷”。他听说同行有人因为“碰瓷”被撞死，所以每次出门他都害怕得浑身哆嗦。被警察捉住后，他显得很高兴，因为抓进监狱了，他再不用担心自己可能被撞死。

夜幕下，四个农民工游荡在城市街道。店铺里灯火辉煌、人影憧憧。面包店在卖面包，名牌服饰店在卖衣服，饭店里饭菜飘香……而他们只是驻足在厚厚的玻璃窗外，看一看，再看一看，然后离开。仿佛那一切和他们无关……人，不分阶级阶层，就不分三六九等了吗？

晚上，去遛我家点点狗。女儿骑滑板一路同行，伊是滑板高手。遇一路人问：“你的滑板车大概多少钱？”女儿：“200元。”那人离去，我看到他裤腿上有白色石灰斑点，猜测是一位民工。他一定想起了远在老家的儿子或女儿，或许计划着过年回去时也给孩子买一个……我看到了一颗父亲温柔的心！

一位在京打工的民工朋友，告诉我他在北京度夏天的经历。睡地铁呀！二环线上倒头一睡，任那地铁一圈一圈地转悠。他一睡能睡三四个小时，那叫一个爽。——再想一想，真有点心酸！

某天，经过某小区大门口，听看大门的保安和一位大爷说真心话：在北京不是实在无路可走了，谁愿意做保安呢？！后来，我每次经过大门口，总要多看一眼那个保安。不知为何，他的那句话如一记重锤砸在我心上——人生实在不应该活得像他那样沉重。但，又能如何呢？！

味多美店门前，一时尚小美女，边走边洒脱点香烟的姿势吸引了我。咬牙想，若是我女，非抽她几巴掌，看还敢吸烟否。该女百余米外，逡巡不前，贪婪吸完烟，复回店前。有四五十岁中年女人匆匆过来，连问："你刚干什么？"答："要去味多美。"中年女人仍满腹疑问。母亲虽像特务，却被女儿骗过了。母女皆累！

一哥们在国外交一女友，过马路遇红灯，拉女友手欲闯，不遵守规矩没素质，女友遂与之分手。归国又交一女友，过马路遇红灯，他吸取上次教训，等绿灯亮始过。一个男人连红灯都不敢闯，女友愤而离去！

我兄弟老七是个收破烂的。一天收了个破罐。我说：怕是个文物！老七说：给你了。我找了个文物拍卖的朋友，他说：我给你拍拍。他给俺拍了三万块。我把钱给老七，老七说啥不收：给你了就是你的。我没办法，请老七吃了一次烤鸭。老七吃得满嘴流油说：哥，真他妈香。

过年要回老家，老婆担心家里无人，小偷会光临。俺说：小偷也是人，也会有同情心。于是大笔一挥在书桌上留纸条：小偷君辛苦，俺是作家，很清贫，无法资助您，实在对不起。过完年从老家归来，见书桌上摆一摞人民币，旁有纸条：没想到作家这么穷，这点钱先留用吧。新年快乐！

一棵芹菜，一毛。“多少钱？”“一毛”。“啊？再来两个辣椒。”“四分。一共一毛四。”“啊？你们学雷锋，还是菜价真降了？”旁边小贩妻笑：“一元四角。他和你开玩笑。过去老师一月几十元，最多一百。现在一月一千、几千，甚至上万。钱都毛了。”呵呵，中国人民真幽默，不过，政府更幽默。

去菜市场买菜，感觉没买啥东东，50元没了。这钱虚得跟现在的白馒头似的，看着挺大，一捏就剩一疙瘩了。去马路旁遛狗，一个陌生人打电话：现在他妈的什么都涨，如果真涨到……老子几十年心血都变成了零，那么老子就要拿枪了……听到他的话，忽然感到有些紧张。通胀啊，您还是悠着点吧！

医改政策导致医院一切向钱看，导致医生开大药方。从前中医三服药、几十元就能治好病，医生注重自己名声。现在，三十服药、数千元也未必治病。若一个医生不开大药方，他在医院就混不下去。如今医生更看重能赚多少钱。根治百姓看不起病，取消官员公务员免费医疗，与百姓同等待遇，即可。

当极度不满澎湃于胸时，就会变成呼声；当强烈呼声被置若罔闻时，就会变成运动；当轰轰烈烈运动被禁锢压制时，就会变成革命；当革命如星星之火燎原时，离改朝换代就不远了……人类历史的发展，不外乎此。

坐地铁出行，旁边有两个四十多岁中年男。一个和儿子通完电话，叹口气说：“孩子从小学到初中都在北京上学，可没有北京户口，就不能在这里考大学。所以不得不让他回老家读书，还不知能不能适应。这户籍制度太坑人！”另一个男人说：“找个北京人，办个领养手续，孩子不就落户北京了？”

在这个时代，重要的不是听他说了什么，而是看他都做了什么。这个标准，不仅适用于亲戚朋友、妻子儿女，同样适用于你的老板、教师、医生、房地产商、官员、企业、政府……

哥说话比较直，哥没别的意思，不要多想。比如：昨晚吃了吗？今晚有事吗？明天有什么打算？哥真没有别的意思，不要多想啊！……中国语言最具模糊与歧义，也是职场性骚扰横行的帮凶之一。

许多网络游戏，是在办公室里上的；许多饭局，是不得不去应景儿的；许多电话，是在被窝里打的；许多情书，是和着眼泪写出来的；许多甜言蜜语，是说给老婆以外女人的；许多哲理名言，是在便池上诞生的。

张三与李四在社区篮球场认识王五。交流中知道王五在政府机构工作，准备买房，认准他有巨款。两人顿起杀心。第一次去王五家，碰到王五同学在，两人抱憾离开。次日，张三抱必杀之夺款的决心，与李四再去。王五一人在家，两人绑之，逼其交出银行卡、密码，杀之。取款而逃。

久居城市，许多人忘记了夜的黑，忘记什么叫“伸手不见五指”。不要因为有几盏路灯，就相信这个世界已没有绝对黑暗。在路灯照不到的地方，黑暗无边无沿……您尽可以歌颂光明，但不要否认，这世界上永远都会有黑暗。

两位老太太聊工资的事儿：给我涨了100元，别人还不知道涨好几百呢！记得一位朋友拿了年终奖后发牢骚：给我发几千元，龟孙子们还不得发几万？……我们总在埋怨：自己得到的太少，别人得到的太多。其实有时候，想象比现实给自己带来的伤害更可怕。人活着，首先一定要摆正心态。所谓：态度决定一切！

社区楼下突然高声喧哗。一位大妈不知说了什么，发小广告的人不乐意：有你这么说话的吗？发小广告怎么了？碍着你什么事？你管得着吗？看着你就不像好人。旁边还有一位说：现在干什么事都得有证件，你发小广告有证件吗？亦农总结：大妈爱管闲事；发小广告的人要横；如今各样证件已深入民心。

不良善的嘴脸，我们应该一眼就能够看出来。一句话，一个眼神，甚至一个无意动作，足可以判断出其心术的不正。拥有这副嘴脸的人，嘴脸就是其行走人世的标签。对此类人，最好的办法：避而远之，永不再交往。

假冒伪劣，坑蒙拐骗，贪污腐败，追根溯源，不是道德与良心的问题，是因为缺少敬畏，只要有理就天不怕地不怕。西方人相信上帝，即便上帝不存在，但却使之有敬畏心。有敬畏，才有资格谈道德与良心。没有敬畏的根源，在于没有信仰，没有信仰的民族何谈未来？

补遗篇

所谓

所谓敌人，就是比朋友更关心你一举一动的人。

所谓理论家，就是那类把最简单的道理用最复杂的陈述表达出来的人。

所谓天才，就是较早发现了自己的特长，并为之付出百倍努力的人。

所谓幸福，就是在黑夜来临时闭上眼睛，睁开眼睛时天已经亮了。

所谓失落，就是半夜醒来，伸手一摸，躺在身边的那个人不见了。

所谓家，就是离开很久以后，回去了仍能在原来的位置，找到你想要的一切。

所谓不小心，就是你在关门的时候，自己的手指被门挤了。

所谓幸福，就是原以为吃根油条喝碗豆浆就很惊喜了。结果，老板又送来一碟咸菜。

所谓寂寞，就是当你的脊背起痒痒时，你只能用痒痒挠，或自己在树桩上蹭，而不是一双异性的手。

所谓睡觉，就是可以把那尊肉体横放，还可以给心找个枕头。许多人的肉体躺下了，心却一直站着。我知道在这个世界里还有很多人，从来没有睡过觉。

所谓爱人，就是你想喝水时，给你递来杯子的那个人。不要苛求那杯子里有水，自己倒吧！

所谓父爱，就是只剩下最后两枚杏仁时，尽管你很爱吃，但为了女儿健康，你还是毫不犹豫地把它们送到女儿的嘴里。

所谓相互看不顺眼，就是彼此都觉得自己遇到了一个长相很违章的人，你看了伊一眼，伊看了你一眼，然后就各奔东西，再不希望见面。

所谓寂寞，就是在中秋的晚上，所有的月光只照在你一个人身上，所有的快乐和忧伤你只和自己分享，所有的世界只属于你一个人。

所谓周而复始，就是一周结束，新的一周就是新的开始。周一人们重整精神，投入工作。而周六周日，则是利用劳动所赚，充分享受人生。一周七天是上帝的发明，符合人体规律，人在劳累五六天后，必须要休息调养，如果终日劳作，日久天长必会积劳成疾。

所谓人生，就是一个不断拥有，不断舍弃，再不断拥有和舍弃的过程。每个人来的时候两手空空，走的时候同样也两手空空。所以说：学会放弃，是人生必修的功课之一。

所谓广告，就是忽悠。最先被忽悠的是那部分自认为时尚先锋的达人，接着被忽悠的是喜爱盲目跟风者，再接着被忽悠的是害怕落伍者，最后被忽悠的是不明真相者。这种现象在新电影放映广告中尤其明显。

所谓作家、艺术家就是这样一类人，他们可以通过文字、舞蹈、歌唱等形式，表达出潜藏在人们灵魂深处、不曾为人们感知或捕捉到的对社会自然的感受。

所谓跳舞，实际上就是做爱的异化。只不过做爱比较隐蔽，一般都单对单；跳舞则堂而皇之在众目睽睽之下，且可以不停地换对象而不用担心引起非议。所以，跳舞应该与一夫一妻制同时期诞生，它比较成功地化解了男人女人对一夫一妻制的强烈不满与背叛。

所谓名利，自古就是一对孪生兄弟，就像“焦不离孟，孟不离焦”。有了名，自然利就来了。没有名，何来的利？因此，我们就不难理解，为何那么多人要费尽心机，绞尽脑汁，不惜一切代价炒作出名。

所谓讲道德讲良心，是对那些有道德、有良知的人而言的。没有道德感，没有良心的人，往往不以为耻，反以为荣。和他们讲道德讲良知，无异于对牛谈琴。

所谓本能，其实就是人类在千百万年的发展中形成的一种能力。在远古，直觉或许就是指导我们先祖行动的一盏明灯。所谓那些特异功能，也许在若干万年前，人类普遍都曾具备，只不过后来随着科技的发展进步，大多数人不再拥有。

所谓真相，就是只有少数人知道并绞尽脑汁极力想掩盖，而大多数人并不知道，甚至不敢相信竟然发生了的事实。真相背后往往是少数人得利，绝大多数人吃亏。一个人知道的真相太多，就可能引来杀身之祸。

所谓故乡，就是你小时候想离开，成人后想回去的那个地方。

无论天涯海角，它总是你无法抹去的记忆。它常常在不经意间，一次又一次将你击中。它是梦里一幅遥远的水墨画，粗粗线条，寥寥几笔，就勾勒出那份魂牵梦萦；它是在都市街角，匆匆脚步，回眸刹那，一声短短的叹息！它是村口母亲，檐下父亲，那无言的守候；它是中秋节时，一轮明月照过的江河。

所谓青春期，其实从你“不得不离开父母的大床，独自去睡一张狭窄的小床”就已经开始了。从那一刻起，你开始品尝孤独和寂寞。宽大的双人床成为长久的温暖回忆，而冥冥中你也开始期盼能拥有一张属于自己的双人床。当然，它不会仅仅只属于你。

拈花集

行在走向你的路上，我知道，与你的距离愈来愈近；行在走向你的路上，我不知，心和心的距离，终究还有多长？没有走不完的路，却有走不到尽头的——距离。

端午题诗。多年前，那位大诗人的决绝一跳，至今仍未落入湖底。倔强优美的弧线，年年在这一天，划破天空，在每个人心上，闪烁不定。拥有回忆的民族，因此愈加优雅从容。

坐在电脑前，我知道，此刻你也坐在电脑前。我敲打那三个字，我知道，此刻你也在敲打那三个字。我犹豫不决，我知道，此刻你也在犹豫不决。默默的，默默的，隔着时空，遥对。我们都没有勇气，摁下那个发送键，踩响那枚世俗的雷。春天已经来了，而我们的爱依然，沉睡。晚安，爱你，永远只能在心里。

站在春天的街角，粉红脸蛋的红衣少女，从我的面前走过。我深深地，深深地呼吸。我闻到了春天的——体味。只要，只要你轻轻地一转身，那就是一个繁花似锦的夏天。

周末的早晨，我们在床上。我在自己的床上，你在谁的床上？我的心在你的床上，你的心在谁的床上？身体在床上，灵魂在奔忙。每个身体都有一张床，但愿每一颗灵魂，也能有床可以安放。他们说，许多许多的富人，身体睡在黄金上，灵魂却睡在垃圾旁。我的要求不高，在周末早晨醒来，能看到你安睡在我心上。

空白页：当你有幸阅读别人的日记，如果发现某一页是空白的时候，请不要追问它的主人为什么。也许这一页空白的内容，比整本日记还要丰富得多。有时候，太深刻的东西是不能用笔记录下来的，因为它已深深镌入我们的心底。

一首以《转帖》为名的诗：默默地我在转，我的拇指和食指狠狠地敲击键盘。我已经无语，我的眼中没有泪水。他们说，无声也是一种态度，是一种更坚定的选择。此刻，如果给我一个引信儿，我可以把这个地球引爆。

爱的秘密：你知道，我爱你。但，你却从来佯作，不知。直到，有一天，我挽起了，别人的手。我看到你，悄悄转过身，抹去眼角的泪滴。我不知道，为了等待真爱，你许诺自己，让爱等待三年。而我，却在这三年的最后一天，选择了——放弃。为什么不为了爱，多等待一天呢？为什么不为了爱，不让爱再苦苦等待？

听一首歌的时候，忽然又想起你。曾经无数次想象我们再见面的样子。我会不会微笑着展开双臂拥抱你，就好像我们是一对好朋友。你会不会微笑着，却在我的肩后泪湿眼眶。为什么爱情的歌总是容易传唱？是不是所有的人，都曾经被爱所伤？

约定：我们相约了，在今世相见。我算好时间，踩准步点，只为等你出现。等你出现啊，我拒绝所有沿途诱惑，包括那为我绽放的花蕊。等你到来啊，我从少年等到青年，从繁花似锦等到皑皑白雪。一直等到岁月老去了啊，我依然痴心不改，甚至怀疑，是我记错了时间——那就等来世吧，在这如约的街头，我依然会准时出现。

淅淅沥沥微雨，扑入满怀一个清凉。仰面看那云去云来，空山上云遮雾拦，玉阁仙台琼楼，虚幻难猜。焰情烧过，留下渐缓渐冷枯枝断章，凭逐次清晰的理智，梳千头万绪，洗十年缕结。烟波湖上，盈盈绕绕依然——恩爱如初。

一轮明月，我看见了，李白也看见了。好像很近，我们同赏过一轮月。实际上很远啊，相隔着宋元明清呢；

一轮明月，我看见了，年迈的父母也看见了。好像很近，我们可以同赏一轮月。实际上很远啊，我们相距千山万水呢；

一轮明月，我看见了，你也看见了。好像很近，我们都在看那轮月。实际上不是啊，你有一个他，我有一个她。

宋元明清啊，在历史书里翻过；千山万水啊，夜里日里走过。那空候情愫呢，交给春花交给秋月吧，但愿有来生，可以相携相挽相依相恋，我们，共赏这一轮团圆明月。

多年前的月光，和今晚一样；多年前的话儿，依然在耳畔回响；多年前的天空，属于你和我。还是多年前那轮月，还回响着那熟悉的声音，只是这天空不再只属于你和我。在这圆月的夜，莫忘抬头读一读月吧，就好像你的身边依然有个我。爱，虽然埋葬了，情还在成长。

20年前很爱你，那时于情于理于法很适宜，可是却不敢说出口；20年后很爱你，可以勇敢说出口，但于情于理于法很不适宜。世间许多事，时间一变就全变了。爱无错，时间错了。但愿来生，在合适的时间、地点等你，让我们拥有一场于情于理于法都相宜的爱情。

人在漓江之上，山水在我心中。水中有山山比水高，山中有水水比山长。千年静止的风景，万载流动的画卷。疑是扶摇九天上，却是仙境落人间。桂林阳朔走一遭，从此无憾大自然——桂林山水，再等三十年，让我想一句献给你的诗！

天亮了：感谢生命依然绽放，感谢这轮回的光明，依然平淡，依然来之不易。天亮了，你还在吗？

所有人都眠着，我却醒了，醒着有时候也是一种无法言说的痛。所有人都醒着，我却眠了，谁说独眠不是一种千古的寂寞啊？并不是有意和大家相左，只是我不能违反了自己的心意。就像传说中的爱情，明明没了，却还——同床。

有多久没为你写诗了？不是没有时间，也不是没有纸墨，是没有——那颗心了。是因为岁月蹉跎？是因为我心已老？还是因为你美丽的容颜不在？不，不，不是啊！是因为那颗心——死了。活着的只是一个没有灵魂的躯体！就像坟墓中埋葬了万千年的木乃伊，怕只怕一见了阳光和氧，就化成了灰！

三月花开，我欲拜佛去。暗香浮动，佛乘清风来。了然无痕迹，对坐满山语。

你们说，我在写诗，我笑了；你们说，我在吟诵爱情，我笑了；你们说，我在……我轻轻地转过头，不让你们看到我的眼泪！

南都帝乡，五圣故里。汉楚文化，源远流长。今日南阳人，眉眼手足，脾气秉性、依稀先人风骨。待人接物，礼尚往来，犹有大汉气韵。行走于这块土地，仍有三弦鼓词，充盈于耳。放眼望去，高楼林立，土肥物美，一派富庶气象。所谓人杰地灵，敦厚民风，怡然自得，乐业安居，绝非虚名浪得。

养生与健康

每周规定七天，实在是一个天才的发明。按人类生物钟而言，普通人在工作五天后，可能会身心俱疲，此时最需要休息与调整，而每周六和周日则给了人们这样的时间，周一又可以周而复始，继续为生计卖命！如果一个人长期处于工作状态，他那根生命之弦就有绷断之险了。

爱护自己身体最好的办法，就是睡大觉。觉要睡足，万事才好。睡觉于人生，该是第一大要事，觉睡不好，精神不好，身体不好，则工作不好，做事不好。长期缺觉，无异于慢性自杀。所以，人都得有点儿“来日方长，先睡觉去”的精神。

睡到自然醒是一种幸福。但现在的人，大都失去了这种幸福。无论是生活所迫，或生活无度，对于养生而言都不是好事儿。还是尽可能“睡到自然醒”吧，如果一定要早起，那就晚上早些去睡。莫贪欢，要经得起夜色滥情的诱惑。

一天中有两个时间段，最好都能用来休息，卧床休息最好。一是上午11时到下午1时，一是夜里11时到1时。这两个时间段对人体休养很重要，可以益身健体，延年益寿。这是人体的自然规律，任何时候不要和自然规律作对。否则，吃亏的都是自己。

午睡是必须的，时间以20至30分钟为宜。过短，不能恢复充沛的精神；过长，你晚上不想睡觉了？能否控制午睡时间，也是一个人自制力强弱的证明，有的人要么不睡，要么一睡就睡到天黑！你得反思：是不是自己的自制力较弱，过于随性？

现代人越来越远离自然。人类曾经拥有倾听自然的本能，随之逐渐消失。如果有兴趣，去森林或草地，静静地躺下，倾听……你会收获许多惊喜。大自然在那里，当你真正走近它时，才能听到它的声音。人只有真正融入自然时，才会成为自然的一分子，像一棵草，或一粒沙。

闭目养神，实在是身心健康的第一要诀。闭目，调息定神。拒世界于外，纳世界于内。天非天，地非地，物非物，我非我。脉息周匝，宇宙浩渺，自然养身，身为自然，益寿延年亦能成真矣。

人天性爱偷懒。能洗一遍的青菜就不洗三遍；能洗一遍的碗筷就不洗第二遍；能水洗的肉就不再过道热水了……所以，不要太相信饭店后厨，即便是五星级酒店。能自己在家做就自己动手，吃饭这件事儿，还是相信自己为好。

应当把饭后洗碗当作一项健身运动。刚吃饱饭，需要适量运动，跑步不行，打篮球不行，洗碗不急不缓，又不需去健身房破费，只有它正合适。既能锻炼身体，又把该做的工作完成，还能讨某人欢心，一举三得，何乐而不为?

演员姚晨说：不知从何时起，我们许多人每天都要吃这些保健药片心里才踏实，但愿未来这些花花绿绿的药片不会被当作饭后甜点端上餐桌。亦农说：年纪轻轻，吃这些会很伤害身体的。人体自身就是一个平衡和谐的小宇宙。人为地吃些什么保健品，会破坏它的平衡与自然，结果适得其反，深受其害。

几乎每次都有这种感觉：只有到了感冒的时候，才意识到身体健康是件多么幸福的事。活着，身体健康，无病无灾，靠劳动挣钱能养家糊口，就应该感到很幸福了。不要总是梦想当大官，发大财，自己努力过了，该来的一定会来，不该来的，再求也是无。开心最好!

交流在人们生活中至关重要，许多误会就是因为缺少交流引起的。体育锻炼让我们身体健康，心里愉快，也会使我们不再因为小事斤斤计较。不会休息的人肯定不会工作。只工作不休息，叫工作狂，太多的工作狂，在生活方面都不健全。只休息不工作的人，不是很有钱，就是很穷，或者叫下岗失业人员。

每天一杯还阳水。用带盖儿的茶杯、磁化杯、紫沙壶均可，每晚倒一杯新烧开的水，一定要盖上盖儿。次日醒来，莫起床，先把这杯还阳水喝了，利心去污，益身益体。

周末最重要的事情之一，当是锻炼身体。爬山，打羽毛球，或者长跑、游泳等。中国人周一至周五忙于钩心斗角，用脑过度。锻炼肌体就显得格外重要，否则太多中国人会死于脑疲劳。一个人什么都可以偷懒，唯有锻炼身体不可以偷懒。在锻炼上偷懒，无疑是在自己缩短自己生命，严重的说，是在谋杀自己。

常听人说放假比上班还累。想想很有道理，比如作息这件事，放假常常会半夜三更不睡，次日又早早出去活动玩乐，这种无节制的玩乐，其结果必然导致缺乏睡眠。缺少睡眠的人，不累就怪了。人的本性是无节制放纵，缺少自我约束力。当年敌人审讯我地下党，最常采用的一招就是——疲劳战术，让你不能睡觉，困死。

保养按摩足底对人非常重要。为了让女儿养成天天洗脚的习惯，我用了近两年时间，每天晚上亲自为她洗脚按摩。现在她读小学四年级，每晚如果不洗澡，一定要自己洗脚。今天她问：爸爸，我一天没出门，可以不洗脚吗？我说不可以。她就乖乖去自己洗脚了。脚支撑我们身体，带着我们行天涯，记住要一生善待它们！

给一班文学少年讲写作的事儿，讲毕，校长请我送给孩子们一句话，我说：希望大家从今往后养成天天洗脚的好习惯。原因：要善待足下，脚每天都支撑我们的身体很辛苦；好习惯从一点一滴养成，这也是对我们意志的锻炼；天天洗脚，的确有益身心健康，长命百岁。

手工洗衣服其实也是一件很锻炼身体的好方法，从十指到胳膊、腰腹、双腿……现代人宁肯把这件事交给全自动洗衣机，而自己却花巨资跑到健身房去。原始的东西，未必都是落后的。现代人在得到许多的同时，也失去了许多。想一想，人，真是个很好玩的动物。

一哥们十年都没感冒。听医生说：人长时间不感冒也不好。于是决定感冒一次。喝了瓶冰镇啤酒，光着身子睡一觉。终于感冒了，又发烧又咳嗽。也不去看医生，熬了一星期，感冒才好。哥们总结：没病找病！没事儿找点事儿，这回我心里踏实了。

家中得有一个小药箱，存放一些便宜实惠且实用的常用药，清热去火治感冒。比如：板蓝根颗粒，小柴胡颗粒，夏桑菊，双黄连，甘草片，以及云南白药、邦迪、清凉油、风油精……每个中国人都应该学点中医，尤其是推拿。人们最关注的首先应是自己，中医可以告诉你吃什么有利于身体健康。痛则不通，身上哪里不舒服了，给自己揉揉捏捏，舒通经络。少去医院，省钱、省时间。

人生值得喝酒痛饮的时候很多，梦想成真、大功告成、老友相聚……喝醉的人或自己想醉，或不得不醉，醉生梦死……醉又如何？受伤的总是自己的身体。醉酒一次，等于自残一回！是个纯爷们，何必要靠自残来证明一些其实微不足道的东西？真正心理强大的人，水亦可当酒。

散步这种锻炼形式太松垮，久则腿困脚痛腰疲。不如快走或小跑，浑身协调运动，久则微汗，心惬意爽，面色红润，肌体酣畅。

40岁左右男女，以快走或小跑为宜，时间40分钟左右足矣。活动地点在公园林间，空气清新，润肺舒心。

太极拳动静开合，刚柔快慢，上下左右，虚虚实实，周身一家，一动无有不动，显时气势充沛，隐时烟消云散，以意带力，做到劲断意不断，然后再轻轻启动，挥洒自如。一意一念，一举一动，随心所欲，都在自我控制之中。其实，生活中的我们就是在打太极拳，关键就在于那长期舒缓平庸之后的突然一击。

女儿病毒性感冒，高烧39.8℃。用温热水泡腿泡脚，满身出汗。唯体温不降，犹豫中用物理降温法，湿毛巾冰冻后冷敷后脑、腋窝，腿窝。两个小时后，温度先降至39.4℃，再降至38.9℃。胜利在即。

近日家女手干裂，寻民间药方如下：橘皮可治手足干裂。橘子皮两三个或更多，放入锅或盆里加水煎二至五分钟后，先洗手再泡脚至水不热为止，每天最少要洗一次，连洗多天，就有明显的效果。

好习惯受益一生。比如，每晚用热水烫脚，睡前读点有益的书，早睡早起，晨起一杯水，一天七杯水，每周三至五次长跑锻炼，微笑面对一切……人体许多毒素，是通过流汗排泄出去的。跑步能更好地帮您流汗。跑步是一种人生享受，不仅锻炼身体，且愉悦心灵，还可以边跑步边思索。如果有时间，一周要坚持长跑两三次；如果不能坚持每周两三次，就每周一次；如果不能每周坚持一次，就两周一次；如果不能坚持两周一次，就四周一次吧；如果还不能，你的身体离完蛋就不远了。我说的是长跑，不是做爱。

养生之道：多喝开水多尿尿，多敲足三里多泡脚，舌抵上颚多微笑。人身体就像浩瀚宇宙，大至头脑、胸、腹、肺，小至细胞、染色体。哪个地方出了问题，都会在“人”身上表现出来。然又远不止此，还有心病。世间有多少人，就可能有多少心病。再由人而及社会，所谓动荡暴乱、金融海啸，乃至代价惨烈的政变，皆因有“病”。有病不医，早晚会出大问题。

心理疾病对任何人来讲都是公平的，无论穷人或富人。甚至可以说，有钱、有权者的心理问题会更严重。饱暖思淫欲。在解决吃住温饱问题后，心理疾病将是他们很难逾越的一道坎儿。从这方面来讲，上帝对待富人和穷人很公平，没有饥饿劳顿之苦，则有情伤心残的折磨。

如此跑步，三月可减肥20斤：每天慢跑五至十公里；其间间隔倒着跑，每段三五百米；临近尾声时，以脐为中心，顺时针揉小腹二百圈，逆时针揉一百圈；停跑后慢步时，身前背后双击掌二百次；每天饮食宜清淡，早饱，午好，晚少。午和晚各以七八成饱即可。不急不躁，持之以恒。

长跑的启示：1. 不要着急，慢慢来；2. 中间不要停；3. 再远大的目标，也是由一个一个小目标累计实现的；3. 没有人说不可以倒着跑；4. 有助于思考，我的许多写作难题都是在跑步中解决的；5. 贵在坚持。

图书在版编目（CIP）数据

在鸟巢边跑步 / 亦农著. -- 哈尔滨：
黑龙江教育出版社，2013.11
ISBN 978-7-5316-7229-6

Ⅰ. ①在… Ⅱ. ①亦… Ⅲ. ①随笔－作品集－中国－
当代 Ⅳ. ①I267.1
中国版本图书馆CIP数据核字（2013）第283055号

在鸟巢边跑步
ZAI NIAOCHAOBIAN PAOBU

作　　者	亦　农
选题策划	彭剑飞
责任编辑	宋舒白　彭剑飞
装帧设计	冯军辉
责任校对	石　英
出版发行	黑龙江教育出版社（哈尔滨市南岗区花园街 158 号）
印　　刷	北京彩眸彩色印刷有限公司
新浪微博	http://weibo.com/longjiaoshe
公众微信	heilongjiangjiaoyu
E－mail	heilongjiangjiaoyu@126.com
开　　本	700×1000　1/16
印　　张	15.75
字　　数	200 千字
版　　次	2014 年 2 月第 1 版　2014 年 2 月第 1 次印刷
书　　号	ISBN　978-7-5316-7229-6
定　　价	32.00 元